燃える傾斜

TaKu
mAyUmuRa

眉村卓

P+D
BOOKS
小学館

目次

1 序章

その建物は、第九号都市からまっすぐ東に伸びた旧道を、徒歩で約十分、実験農場を抜けた所にあった。

このあたりは、まだ街路樹が所どころに残っていて、六車線の道路をはさみ、汚れて倒壊寸前のビルの列を僅かでも隠そうとしているように見える。

右手に鉄骨の突き出た建物跡、左手にしみのついた小さなビルを仰ぐ所から、舗装されていない細い道が、まばらな雑木林の中へ続いている。此処《ここ》はいわば見捨てられた地区なのだが、第九号都市に近く、散策には恰好の場所ということで、誰言うとなく記念緑地と呼ばれていた。もとは都市の一角をなしていた証拠が至る所にあるけれども、そういった事情で、今では昼間、仕事のためにやってくる人は殆《ほと》んどいない。表通りの旧道を、高速で往還する車の音が聞こえる程度だ。

しかし、その細道に面して、五年程前に建てられた構築物があったのだ。ビルと呼ぶにはいかにも不規則な恰好だし、窓は無いといってもいいような建物で、ちょうど紡錘《ぼうすい》を長軸に沿って四つに割ったひとつといった形をしていた。郊外にある現代の建物としては普通の形状である。

この、正面の壁にはドリーム保険連立会社という札がかかり、その上には恰《あた》も十戒を彫った板よろしく、大きなポスターが貼られていた。下手な広告で、読みづらいものだが、そのポスターのお蔭で、この建物は、かなり有名だった。信用する者はあまりなく、しかも、どこにでも貼られてある、この奇想天外な広告のコピーは次の通りだった。

あなたの再出発をドリーム保険で!

ドリーム保険をご存じですか? 保険は人間が考案した、効用とマイナス効用との巧妙な組合せの、代表的なものであります。

もし、あなたが現在の生活を楽しんでいるのなら、ドリーム保険を知らなくてもいいのです。しかし、もし、そうでないのだったら

即刻ドリーム保険に入りましょう

ドリーム保険はやり直しのための保険です。契約金をお払いになるだけで、あなたは人生の再出発が出来ます。

今の仕事を止めて、やり直しをしたい時、

火星の首都で就職したい。

百年後の世界で働きたい。

小さな会社を持ってみたい。

遠い世界に行きたい。

なんでも結構です。

当社は現代科学の及ぶ範囲の事なら何でも致します。

ただ一回のやり直しですが、そのチャンスを握ろうとは思いませんか？

契約が成立しさえすれば、その日からあなたはやり直しの権利を持つのです。再出発の方法をどんなに考えてもいいのです。

今すぐドリーム保険に入りましょう！

映話番号ＴＢ〇四九六

この恐ろしく拙《つたな》い広告文の上には、あくどい色で、きわめて写実的に、二人の男の顔が描かれていた。泣いているのと、笑っているのと。

ほんのときたまこの建物を訪れる人がいるにはいる。が、たいていはここの社員が出入りするだけだ。彼らはいつも手一杯に、表に貼ってあるのと同じようなポスターやチラシを抱えていた。時代遅れの宣伝物を持つ彼らの顔には、あきらかに焦りの色が浮かんでいた。

2　万能サービス連立会社

万能サービス連立会社の九〇六ルームは、その日、割合に暇だった。

映話のスイッチを切ると、しばらく考えて、ルーム・リーダーのテクナはブザーを鳴らした。

「補助要員が要《い》るんだが」

ルームの社員たちは仕事の手を止めると、テクナの方を見た。

「二〇一五号契約の最終整理のメンバーが急病になった。誰か、手の空いた者が手伝いに行ってほしいということだ」

社員たちは知らぬ顔をして、仕事を続けようとする。補助要員だなんて。何の実績にもなりやしない。そんなものに手を出す馬鹿があるものか。

「それ、移転請負でしょう。十二号地下都市の……」

突然、一人が立ちあがってそう言った。テクナはその社員を見て、眉をひそめた。

「シロタくんか。手が空いてるのか？」

「はあ」

「出来るかね」

「多分」

テクナはちょっと考え込んだ。が、上級ルームから廻されて来たこの仕事は、結局誰かがやらねばならないのだ。テクナはうなずきながら言った。

「いいだろう、行きたまえ」

「お願いします」シロタが勇み立つ。

テクナは机の上のパスとバッジをとりあげると、シロタの方に差し出した。シロタは小走りにやって来て、それを受けとる。

「仕事らしい仕事じゃないぜ」

「いいんです。やれますから」

「じゃ。ただしそのパスではプルマン・シートには乗れないよ」

部屋の社員たちが笑いだす。それにかまわずシロタは一礼すると、部屋を出て行った。

「変わってますねえ。混血の連中ってのは」

「そうそう。彼はイースター・ゾーンの人とのあいのこだったっけな」

そんな会話を聞きながら、テクナは、いつかシロタが『冒険をしたい』と言っていたのを思い出していた。

「あと、一時間で送電停止だ」

技師のハンクはそう言うと、壁面の調整指示灯の群列に目をやり、せわしなく両手を動かしはじめた。

シロタの方は格別する用事もないので、腕を組んだまま、ハンクの動作を眺めている。

ひとつ、またひとつと、壁の灯は消えてゆく。一ブロック分の整理が終わると、そこのスイッチを切ってゆくのだ。

《想像していたほど、派手な仕事じゃないな》

そうシロタは考えた。

「シロタ、何だったら外へ出て、この管制塔に近寄るものがいないか、見ていてくれ」

ハンクの言葉にうなずくと、シロタはドアを押して、室外に出た。室のまわりは手すりに囲まれた展望台だ。彼は腰に手をやると、下を見た。

誰もいない。広々とした床には塵芥《じんかい》が散乱し、主要な設備のほとんどは取り払われている。もうすぐ機能を停止するいろんな機械類が、今は雑然とした感じでドームの照明下にあった。

天井へ目をあげると此処からは照明灯の存在がわかる。この巨大な地下建造物の明るさがたしかに人工で作られたものであるのを実感した。そして、見捨てられるこの都市が、本当はまだまだ長い寿命を持っていたのではないかといった感慨が、ふとシロタの胸に湧いてくるのだった。

「おーい、シロタ」

振りむくと、ドアから半身出したハンクが手を振っている。

「済まんが、第二レベルにある第四ブロックの灯がまだ消えないんだ。まだ立ち退《の》いていないのがいるらしい。もう映話は利かないんだ。ちょっと見て来てくれないか」

「わかった」

「気をつけてな。危いから」

「わかったよ」

シロタは管制塔の横につけられたエレベーターに乗ると、第二レベルへ降りて行った。

第四ブロックへ今度は平面移動用の最高速コンベアーに乗り換える。集会所をいくつも通りすぎながら、彼は例のポスターが貼られたままになっているのを認めた。

『あなたの再出発をドリーム保険で』という、あれである。その文句を彼は都市の普通の住人として、よく覚えていた。あまりうまいポスターではないし、宣伝方法も拙劣だ。ただ、ポスターというものが最も安価な伝達方式であり、この会社はその利点を最大限に利用しているだけの話である。誰にとってもあまりにも見馴れたポスターであった。

おっと……。

シロタはあわててコンベアーを移って廊下に降り立った。あんなポスターなどに気をとられたお蔭で、あぶなく目的の場所を通りすぎるところだったのだ。

そこにだけは、まだ廊下との隔壁が閉ざされていなかった。あかりが見えている。隔壁を踏み越えながら、彼は前に誰かが言ったのを思い出した。『古くなって捨てられる都市はこわいもんだよ。もう構造上のバラツキがあらわれていてね、ひどい部分なんか、陥没したり、崩壊したりするんだ』

シロタはそのスリルを求めただけだ。さっき、ルーム・リーダーにあんなに言われたのに出て来たのも、つまるところ、日常業務に欠けている、そんな冒険が欲しかっただけである。

彼は隔壁のむこう側の、あかりが洩《も》れている小ブロックへ近づいた。

何か言い争う声がする。

「放っといてくれたら、いいじゃないの」

「そんな訳には行かんよ」

「ねえ」

女の声は疲れ果てた哀願の口調になった。「嘘じゃないのよ、そっとしといて」

「どうしよう」

相談しあっているのは男たち、それも移転請負工事のメンバーらしかった。

シロタはしばらく興味深げにそれを聞いていたが、突然、送電停止まで、あまり時間がないことに気がつくと、光の中へ進み出る。

男の一人がぎくっとしたようにこちらを向いて、シロタの胸につけられたバッジを見ると安心の吐息を洩らした。

「やあ、専門家が来たぜ」

「やれ、助かった」

見ると、二人の男が女をはさんで、手に工事用のスパナとかてことかを握っている。勿論《もちろん》それらの道具は女を打つためのものではなく、工事に使うものだったが、男たちは何ということもなく赤面すると、その道具類を背中に隠した。

女は、まだ若かった。それもきちんとした身なりで、傍《かたわら》には食料やらスーツ・ケースやらが転がっている。

「どうしたんだ。あんまり時間がないというのにさ」

「いやね、全く迷惑な話なんで。ぼくたちがここを閉鎖しようとしたら、この女がいるんでしょう。早く出ろと言ったら……」

「ここにね、そっとしといてくれって言うんですよ。こっちはこの人を引っ張り出すような時間もないし、とにかく出てくれって、頼んでるところなんです」

「はあん」

シロタは了解した。都市の移転にはたいていこうした問題がつきまとうがこんなふうにぎりぎりになってから居直るのは珍しい。が、どっちにせよ、これは彼の仕事だった。補助要員とは、あくまで『要員』で、こうした人間的なごたごたを処理しなければならないのだ。しかし、あいにくにもシロタは本物の専門家ではなかったので、たいした説得術を持っている訳ではない。

「じゃ、頼みますよ。退避まで、あんまり時間がないんでしょう?」

「ああ。四十五分くらいかな」とシロタ。

二人の男はうなずきあって、直ちに工事にとりかかった。

「きみ」

シロタは女の肩に手を掛けた。ぴくりと肩が動いたが、顔は手で隠していた。泣いているらしい。彼は当惑した。

「あのね」

とシロタは言いかけ、その不細工さかげんに自分がおかしくなった。変な呼び方だ。女はちょっと目をあげて変な顔をした。

「とにかくね、出ましょう。ね？」

女は深い息をついて、押し出すような声で言った。

「出たくないのよ」

「だけど。外へ出て考えましょう」

「外へ出て？」女はややヒステリックに笑い出した。

「外へですって？　わたし、此処で死んでやるのよ。死んで……。面白いでしょう。ここを出たくないのよ。ねえ、オモシロ……」そしてまた泣き出した。

シロタは下唇《したくちびる》で上唇をおさえつけた妙な表情でブロックの中を見た。ここはかつてはどこかのオフィスだったらしい。それも休憩室か何かだろう。この女は多分、ここでの思い出にこだわっているんだろうと考えた。

「もう、済みましたが、先に出ますよ」

二人の男が慌だしく言っていた。「もうあんまり時間がないですからね」そして二人は出て行った。あとはここととコンベアー廊下の隔壁を閉ざすだけだ。

「シャッターは頼んます」

去ってゆく、エコーを伴った声を聞いた。もう愚図愚図してはいられない。

「出ましょう」

強い語調でシロタは言った。女はかすかに首を振る。白い首筋が見えた。

シロタは女の腕を摑んだ。「痛いわ」女が叫ぶ。

抵抗する女を引きずりながら隔壁を通りこし、シャッターを降ろす。それから再びコンベアーに乗り込んだ。

すると、どうしたことか、女は不意におとなしくなり、腕をふり払うと、黙って彼の横に立ったのだ。諦めたのだろう。

管制塔でハンクはじりじりしながら待っていた。シロタの姿を認めるが早いか、彼は階段の方を指してどなった。

「そこを昇れ。もうすぐ送電停止だ。急げ」

言いながらハンクも駆けだした。シロタは急ぎながら時々女の方に目をやった。何かの冗談とても間違えているのか、女は靴を脱いで無愛想に走っている。

地上への最終らせん階段を昇っている時に光はふっと消えた。

二つの淡い光の輪が、階段に落ちた。ハンクとシロタの手にあるポケット・ライトだった。

「送電停止時間だ」

ハンクが呟《つぶや》く間もなく、深い地の底から長い長い響を伴って、なにかが崩れてゆく音がした。

ぞっとしたように女の身体《からだ》が震える。

「電力で維持されていたコンプレッサーの圧力とか、そのほかいろんな均衡が崩れてゆくのさ。これから一、二日は順番に陥没してゆくよ」

ハンクは事もなげに言いながら、今は落ちついて階段を昇っていた。シロタと女とは次々と暗黒の中から湧きおこる崩落の響に、ともすれば急ぐ足を抑えているので精一杯だった。


翌日、報告を簡単に済ませると、シロタは自分の席についた。

「シロタ、うまくやったな」

同僚の一人が言う。「何の事だ」とシロタは妙な顔をした。

「昨日さ。昨日きみの留守中に、ここへセールスマンがやって来てね」

「セールスマン？」

「そうだよ。ドリーム保険のセールスマンさ」

「へえ？」

「勿論追い出されたがね。大体、万能サービスの本社へのこのこと入ってくるなんて呆《あき》れたもんだ。それも、ここで演説を一席やらかしたんだからな」

「ふうん。面白かったろう」

「とんでもない。みんな迷惑したよ」

「諸君」

突然、ルーム・リーダーのテクナが喋り出したので、シロタと同僚はびっくりして彼の方を向いた。

「きのう、ここへ入り込んだセールスマンについて、上級ルームから指令があったから伝えておく」

二十名の男女はテクナを注視した。テクナは機械的に言った。

「今後、あんなふうな売り込みがあった時は直ちに保安担当部門へ連絡せよとのことだ。ここはいやしくも太陽系内に数百の事業所を持つ万能サービス連立会社の本社であり、ああした妙な人物など一歩たりとも入れてはいけないということだった」

ざわめきがおこった。

「それに、ことに昨日来たドリーム保険のようなインチキ事業とは、私生活においても一切つながりを持ってはならない。彼らの目論《もくろ》んでいる事業は経済法則の破壊にほかならない。調子のいいキャッチフレーズにつられて、なけなしの金をはたいたりしないように。以上が上級ルームの命令だ。わかったかね」

「リーダー」

誰かが発言灯をともし、テクナは「ん？」と言った。

「じゃ、あれはインチキですかね」

「すくなくとも、そういう判断を、上級ルームは、したようだね」

「やれ残念。さっぱりだ」

「どうしたんだ。きみは、契約でもしたのかい？」

「いえね、あのキャッチフレーズどおりだとしたら、小さな星をひとつ貰うような契約をしようと思いましてね」

「夢みたいなことを言うなよ」

「へへ。その名もドリーム保険ですからね」

そこでみんな笑った。シロタも一緒になって笑ったが、ふと、それが途中で凍ってしまった。

《たしか、あの保険会社が発足してから、十年あまりになる筈だが……。昨日まで、あの会社の宣伝といったら、ポスター一点張りだったのに、直接売り込みを始めたらしい。いったい、どういう風の吹きまわしだろう》

が、それは別段彼には関係のないことだ。今のところシロタはそれほど重視されていないかも知れないが、少なくとも大手会社の一つである万能サービスの、それも地球本社員だ。格別文句を言う筋合はなかった。

彼のルームはリーダーのテクナ以下、いわゆる『文科屋』が大半を占めている。それだけに雰囲気は自由で開放的だった。

さあ仕事、と彼は思った。退屈で変化に乏しいものではあるが、何もしていないよりはましだ。

執務机の待機ボタンを押すと、すぐガチャンと音がして、書類が出て来た。

『太陽系内連絡船の最適配置に関する一般的注意事項一覧表を作れ』

もうひとつは『ウルフ三五九番星惑星系における生物の概況を調査し、最も有効に彼らを利用するための対応サービス体制を考えること』

承知したよ、とシロタは呟いた。決まりきった仕事だ。大体のところは記録で、あとは会社の状態を考えあわせて規格品を作ればいい。勿論この仕事は数個のルームに同じ命令を出し、結果によって上級ルームで取捨選択されるものだ。一ルームには常に数百の問題が与えられ、ルーム員がボタンを押すことによって全く無作為にそれが課せられる仕組みだ。

以前はもっと面白い問題が多かったな、とシロタは考えた。『もし地球人に足が一本しかなかったら、どんな恰好で走るのが一番速いか』とか、『完全サービスの定義』とかいろいろひねくり廻さねば出来ない問題が沢山あった。

社内に、ある噂が流れ、それが殆んど公然たる秘密となっていることを、シロタも知っている。その噂というのは、万能サービスの経営首脳陣は、今や人工頭脳によって代行されているというのだった。多分本当だろう、こんな乾燥した実用的な問題しか与えないところを見ても、どうやら間違いはなさそうだ。

が、まあいい。とにかく彼はサラリーマンなのだし、今のところ無事に勤めている。普通の独身社宅も与えられているのだ。あまり無駄なことを考える必要はない。

映話のブザーが鳴ったので、シロタは反射的に応答ボタンを押した。

「九〇六ルームのシロタ・レイヨさん？」

と、下級官僚の服を着た男が言っていた。

「ええ」

「お邪魔します。実は、こちら十二号都市の移転に伴う調整をやっている者なんですが、きのう、あなたは旧十二号都市へ行かれましたね」

「訊問ですか？　ええ行きましたが」

「その時、女を一人救い出しませんでしたか？」

何という言い方だ、とシロタは思った。

「連れ出しましたとも。だが、それが一体どうしたんです？　私は会社の仕事として派遣されたんで、何も私個人の資格であああしたことをやったんじゃありませんよ」

「失礼、失礼。もう既に会社の方には連絡して依頼済みなんです」

声が高くなったので、周囲の同僚たちまでが仕事を止めた。

「おい、どうしたんだ」

「何を揉めてるんだよ」

シロタは唇を突き出し、スクリーンをみつめる。役人の方は困惑したような顔になった。ざま見るがいい、一流会社の社員に、そこらの連中に対すると同じような口を利くからだ。

その時、ルーム・リーダーのテクナの机でもブザーが鳴った。テクナは暫《しばら》く映話していたが、すぐにスイッチを切ると、大股でシロタの机の前まで歩いて来た。

「シロタくん。その映話、調整局の出先機関から？」

「はあ」

「ちょっと代ってくれ。やあどうも。お話は今、上級ルームから聞きました。私からこの男に連絡しましょう。いやどうも、はい」

ガチャン。シロタはあっけにとられてリーダーを見つめた。

「今、連絡があったんだが」

テクナはにやにやして、言い始めた。

「昨日きみに連れ出された女は、新都市移住の手続きをしていなかったそうだ。はじめから、残って自殺でもするつもりだったんだな。だから、さしあたって住宅がない。二十四時間後には組みたてが終るそうだから、それまで待ってくれと、こういうことだ」

「何も関係ないですよ、私とは」とシロタ。

テクナはいっそうにやにやした。

「で、二十四時間、きみの室を貸せということだ。判ったかい。きみの室は二部屋だ。一晩くらい、いいだろう」

「ど、どうして私が」

「きみは補助要員だったんだよ。万能サービスは二〇一五号契約を最後まで責任持って処理する必要がある。そう思わないかね」

「思いますが……」

「命令だ。それに、きみは今まで一度も結婚準備のための同居申請をやったことがないじゃないか。たまにはいい機会だよ。勿論、きみの行動は社用ビジョンで監視されるがねえ」

どっと、ルーム員たちは笑った。

「参ったな」

「すぐに行きたまえ。仕事だよ」

シロタは無念の形相でちょっとの間立っていたが、力なく腰をおろす。

「さあ」

テクナが言った。

女の名はカーリ・フルスといった。シロタが聞いたのはそれだけだ。身の上については何も喋ろうとはしなかった。

はじめ、シロタが、自分は万能サービス社の社員だと言った時、カーリは一瞬、燃えるような眼をむけたが、それだけだった。

「お世話になります」

夕食の前に、カーリは言い、シロタはどぎまぎした。

彼女は綺麗だった。しかしどことなく近寄りにくいものがあったので、シロタには口が利けなかった。

この時代にあたり前の、食料供給パイプから出てくるいろんな合成食品を、シロタとカーリは黙りこくって頬張った。

「どうも食品に変化がないものですからね、すぐに飽きるんですよ。何でも、同居か結婚者の住宅では調理用の材料供給パイプがあるらしいですね」

何も喋ることがないので、シロタはそんなことしか言えなかった。

「そうですね」

とカーリは下を向いたまま答えた。色が白くて、ブルネットの髪が頬に数条垂れている。この女があの旧十二号都市で見せた半狂乱の影はどこにもなかった。まるで何かを諦めたような孤独の美しさがある、とシロタは考えた。

夕食を終ると、女はもう一つの部屋に入って、内から鍵をかける。どっちにせよ、この二人の行動は誰か社の者に見られているのだが……。

索漠《さくばく》とした気分でシロタは卓上を片付けると、読書にかかった。これは彼がもうこの数年、習慣的にやっている行事で、これをやらないと眠れないものなのだ。

だが今夜はさっぱり興が湧いてこない。シロタは無理矢理に読み進んで行った。

彼は変わり者が多い九〇六ルームの中でも殊に変わっていた。一言でいえば、まだ古い精神主義を信奉しているふうなのだ。それは彼が異域人の系統を引いていたからだろう。勿論現代の地球上には純粋な一民族というものは存在しない。ここ百年あまりの間に、人類文化は飛躍的発展を遂げた。が、その実質は物質文明であり、科学文明だった。

驚くべきことだが、今や人類は百五十光年の範囲を支配している。太陽系、プロシオン、カプティンあたりは言うに及ばず、はるか彼方《かなた》の星域へも、開発のための技術者は冷凍睡眠状態で光子ロケットに乗って進んでいるのだ。多くの惑星が地球人類の植民地と化して行きつつあった。

勿論、こういった時代にも、変わり者はいるもので、物質偏重、技術偏重の世界にはいたたまれずに、別にひとつの小さな文化圏を作り上げた人々もいることはいた。それはイースター・ゾーンと呼ばれ、アルファ・ケンタウリ系の惑星を中心とする、比較的小さな数光年の範囲を指していた。彼らの文化はたしかに異質ではあったが、それを完全に同化してしまうほど人類は暇ではなかったから、そのイースター・ゾーンは『主流派』とはそれほど頻繁に交渉を持つことなく、自分たちの世界の独自性を深めて行きつつあった。かれらがなぜイースターという名になっているのか、地球の人でそのいわれを知っている者はほとんどいない。今ではほとんど死語となっている復活祭《イースター》という言葉から来ているのではないかと考えている人もかなりいる。とにかく、あの連中は古めかしい非科学的なことを好むから、というのがその理由だ。が、他の多くの人々は、そんなことにさえも興味はなかった。主流外の世界のことを知ったって、たいして意味はないからである。

従って、このイースター・ゾーンも発展する人類という視野から見るとき、単に小さな核に過ぎず、人類全体の流れにときどき抵抗することはあっても、その流れを変えるまでには至らなかった。

シロタは本来プロクシマあたりで生まれるべきだったのかも知れない。そこでは彼の父親から引き継がれたイースター・ゾーンの血が、少なくとも力を発揮していたはずだ。しかし、彼が育てられたのはこの地球上である。彼は地球にいても、プロクシマにいても、どっちみち異端者扱いにされたことだろう。多くの人間と同様、彼もまた混血の児であり、悩みを内包していたからである。

さて、これからの歴史は……。

シロタは本を閉じると、頭をかきむしった。畜生。隣室で若い女が眠っているという、ただそれだけのことで、どうしてこんなに悩まされなくちゃならないんだ。

窓を押し開く。彼の住む地域は最新の設計で、地上地下を貫いた構造の都市だ。そして彼の室には窓があった。これは自慢していいことだ。そうシロタは考えている。たいていの連中はそうは思わないようだが……。

風が入って来た。ここからの眺望は昼夜に関係なく素晴らしい。地上百二十メートルからの展望だ。

都市を囲んだ培養ドームの群列は蒼白《あおじろ》い光を帯び、都市間ハイウェイの透明なチューブが四方八方へ伸びている。その涯《はて》にはくろぐろと広がる森林があった。

「どうも眠れそうもないな」

シロタは呟いた。

翌朝、カーリを新都市まで送り届けると、彼は会社のある都市への高速シュートに乗り込んだ。

なにかが、彼を浮き浮きさせていた。彼自身全く気がつかなかったけれども、カーリとの話しあい以来、心に小さな光がともったのである。そしてこれも無意識ながらシロタはカーリが負っているらしい過去についてはつとめて触れず、明るい面だけを浮き彫りしようとしていたのだ。

彼は微笑をうかべながら、スピード感に身を委《ゆだ》ねた。あんまり寝ていないのに、ちっとも疲れないな。何か今日はいい事でもあるのだろうか。

が、その行く手にとんでもない事が起っていることを、この時の彼は、むろん全く知らなかったのである。

会社へ一歩入ると、なにか異様な空気が漂っているのを彼は直感した。いつもより人のゆきがはげしく、あわただしい。

九〇六ルームへのコンベアーの上を、彼は歩いた。壁が流れるのに調子をあわせて、妙な予感はたかまるばかりだった。

ルームのドアには貼紙がされていた。異動の命令書だ。従来から、異動のたびに命令はそこへ貼り出されるのだが、今日は人数が多い。最初に目に映ったのは次の文字だった。

九〇六ルームは解散する。

そしてそのあとへ、全員の氏名と新しい所属が記されている。ルーム・リーダー、サリド・テクナ、四〇三ルーム・サブリーダーを命ず。エドモント・カクナー、五〇〇ルームへ……。そのずっとあとにある名前を、シロタは呆然《ぼうぜん》として見た。シロタ・レイヨ、八二二ルームへ。

何故《なぜ》だ。これは明らかに降格人事ではないか。九〇六ルームは今まで異色ある存在として知られて来たのに、それがこう簡単に解散されるのだろうか。

例によって、おしまいに人事理由が簡単に書かれている。

当ルームは最近能率、水準ともに下落していたので、社としてはこれ以上当ルームの存続の必要を認めない。異動社員はすみやかに新ルームへ移り、業務に精励せよ。

廊下を透してみると、どのルームにも大なり小なりの異動があると見えて、絶えず人が出たり入ったりしている。

シロタはドアを押した。

誰もいない。それに、執務机もすべて取り払われていた。がらんとした九〇六ルームは妙に小さく、貧弱に見えた。

何ものかが、彼の胸の中で崩れ落ちて行った。それはシロタ自身との訣別《けつべつ》を要請する会社への憎しみから湧いて来たものだ。しかしこの瞬間でもまだ彼は心の底で、会社というものを信じていたのである。

全員が揃《そろ》ったのを見届けると、八二二ルームのリーダー、フィッツギボンは鋭い眼をして言った。

「全員、注意」

シロタも身を固くしてリーダーを見る。このルームの半数は、新しく配置がえされた者だった。女もいるにはいたが、どことなくしっかりしすぎているといった感じの連中だった。

「今朝の異動によって、きみたちは今後、私の指揮下に入る。断わって置くが、私はあいまいなものや、思いつきといったものを認めない。われわれの上級ルームである八二ルームのメンバーと同じく、すべてを実績によって律してゆくつもりだ」

フィッツギボンは一同を見廻して続けた。

「最近、当社の業績が伸び悩んでいる理由を分析した経営陣は、他社の主流傾向を探って次のことを結論した。つまり『文科的思考者』たちの排除こそが、絶対だということだ。気まぐれ、不必要な巨視観、主義主張、そんなものは一切不必要だ。ここでは芸術などという馬鹿げたものはおろか、あらゆる感情は抜きにする。そして、きみたちの仕事は、あらたに据《す》えられた監視機がチェックする。この傾向は全社的なものだ。そして、今や人類の主流は挙げて技術向上に移りつつあるということも断わっておく。では、仕事にかかりたまえ」

壁に、赤いランプがともされた。

全員は一斉に待機ボタンを押す。機械音と、筆記具どうしの触れあう音が交錯し、ひとつの忙しいリズムを作りあげた。

フィッツギボンはじっと一同をみつめていたが、突然ブザーを鳴らした。

「二八号、ちょっと来たまえ」

誰も答えない。みな仕事に没頭している。

「二八号！」

それが、自分のことであると気がついたシロタは、はっと立ちあがった。今までは番号こそあっても、いつも名前で呼ばれていたのだ。

「駆け足」

とリーダーは言い、シロタは泡《あわ》を食いながら、フィッツギボンの前に立った。

「二分間、話をしたい」

「は？」

「きみは九〇六ルームにいたらしいな」

「はい」

「前と同じつもりでやっていてはいけないよ。あそこは札つきの低能率だった。解散されたルームは多いが、九〇六ルームが一番ひどかったのだ」

「…………」

「これからは本気でやりたまえ。もし、地球外の勤務につきたくなければな」

「地球外、ですか？」

シロタの言葉に細い目をしたリーダーはつめたく言った。

「無論、重要植民地では、技術者でないきみなどはつとまらないよ。私の言った意味は、恒星空間の、どこかの惑星で現業員として、低級生命体相手の仕事ということだ」

シロタは半ば口を開いたまま、リーダーを見た。

「そりゃ、人間以外にはちゃんとした生命体は発見されてないさ。そんな連中と一緒にやってゆくことは、きみの自尊心が許すまい。そのためにもしっかりやりたまえ。つまらぬ考えごとに耽《ふけ》らないでな」

「……はい」

「よろしい。駆け足！」

シロタはわずか五メートルの間を、泳ぐような恰好で席へ戻った。

誰も笑わない。みんな自分の仕事だけで精一杯なのだ。執務机の前に立てられた電字が処理枚数をあらわしていて、自分が誰に勝ち誰に負けているか、すぐに判るようになっているせいだ。

シロタは急いでカードに目を通した。
◎現在一般に使用されている交通機関を列記し、各々について、貨物と人間との最も高能率の積載比を算出せよ。二十分以上かかると思うときは、その旨をリーダーに言って、別の問題にかかること。
味もそっけもない。シロタは目を血走らせてを動かして、必死で仕事にとり組み、仕事に引っ張られてゆく。

問題の性質が、全く変わってしまっていることに、彼は気がついた。それらはすべて実用むけのデータであり、何ひとつ空想力を刺激するようなものはなかった。

急げ！　彼は机の前に掲げられた処理数の少なさを気にしながら、わき目もふらずに頑張るほかはなかった。緊張の連続だ。

突然、彼はある事に思い至って、ショックを受けた。この生活、このみじめな瞬間の集積が、これから何十年も続くのか！　これが人間文化の主流なのか。このままでは自分はどこへ行くのだ！　しかし彼の手は止まらなかった。止める訳にはいかなかった。

もうだめだ、と彼は思った。この地球にさえも『技術』絶対の時代がやって来たのだ。すべては、ある一点――どんな一点だか彼は考えたくなかった――に向かって進んでいるのではあるまいか。形に嵌《は》まらなければ生きてゆけないのか……。

《自分もこの儘《まま》では変わってしまう。変わらずにはおられない。それが順応というものかもしれない》

シロタは今はもう無表情にタイプを打ち、卓上計算器を動かしていた。

3　ドリーム保険

ときどき不意に打ちとけてみたり、そうかと思えば蒼白く黙ってしまう。変わった女だとシロタは考えた。

だが、彼女がどんな女であろうと、今の彼には同じことだ。適当な距離に来ている人間なら誰でもいい。

二か月も前には、こんな考え方はしなかったがなあ。彼は投げやりにそう思った。

「どこかへ、行く?」

カーリが言った。

「あるかい、いいとこ」

シロタはロビーのハイウェイ・カー発着所を眺めて呟いた。

別段どこでもいいのさ。どうせ夜は長いんだ。昼間いじめ抜かれて疲れてへたばって、そして今はもう焦らないだけの話。

「西?」とカーリ。

「東でもいいよ」

「東はいや。あそこには万能サービスの娯楽センターしかないじゃないの」

カーリは万能サービス連立会社のことを決して、『シロタの会社』と言わなかった。

「なるほど、ぼくだって嫌だね」

シロタは言い、カーリが唇の端をつりあげて笑うのを見た。カーリはシロタが自分の会社を憎んでいるのを知っている。

彼らは西方へのカーに乗り込んだ。

今日、シロタはルーム・リーダーに呼ばれた。

「まだこんな回答を作っているのか」

フィッツギボンは薄い嘲笑を浮かべて、カードを差しだした。

それはシロタにとって、かなりよく出来た回答のつもりだったものだ。少なくともテクナらほめてくれただろう。文章のスピードもバランスも、相当なものだと思っていた。

「え？　しっかりしてくれよ。ここには数字の裏付けがない。自分の思想を不必要に多く出している。おまけに光子ロケットの性能について、何も判ってない。駄目だ、駄目だ」

「…………」

「それに、この頃は逃避傾向まで出ている。困るなあ」

「あの」

「何だね」

シロタは思いきって言った。

「もう、個性や人生論や感動はおしまいなんでしょうか」

フィッツギボンは黙っている。

「古い時代の教養人は、もうおしまいなんでしょうか。人間の息づいている世界は……」

「はっはっは」

笑ってからルーム・リーダーは、

「それはイースター・ゾーン的思考法だよ。ねえ、きみはもうこの世界じゃ用はないんだ。ケンタウリあたりへ行ったらどうだね。二十年も前だったら、つまり、まだ人類の世界が安定する前だったら、少しはきみも値打ちがあったかも知れないがね。もう既に人間は物質であり、物質が作りあげた精神は、物質によって決定されることぐらい知ってるだろう。ね、空腹をみたすもの、戦闘に勝つもの、数字で示されるものが大切なんだ」

「はあ」

「ともかく、もっと頑張らないと、今に四桁番号のルーム行きだよ。頼むぜ」

シロタは答えずに席へ戻った。そしてすぐ仕事。

アルファ・ケンタウリ系で生まれていたらなあ。あっちの世界の方が合ってたんだがなあ。だが駄目さ。内省文化圏は外部からの移住を好ましくは思っていない。かつて西力東漸という厄介なもののために、数百年の苦難を体験した古代東洋と同じような彼らとしては当り前のやり方だ。

シロタのような存在はいずれ消えてゆくだろう。最近は方向遺伝法まで施行されようとしているのだ。

彼は仕事が済むと、すぐカーリの所へ行った。

八二二ルームへ移ってから暫くして、彼はカーリと会ったのだ。ずるずると二人はつきあいだした。何かに耐えているとき、人はその代償を求める。それだけの理由だった。

変わったろうさ、シロタ・レイヨ。二か月といえば、変わるのには充分だ。

「着いたわよ」

カーリが肩をつついた。

カーを出て、エレベーターで地面に降りたつと、眩《まぶ》しいサーチライトの光が二人を射た。

ここは宇宙空港。巨大な柱が数十本、横腹を照らしだされて並んでいる。月面宙港ほど大規模ではないが、地球上の宙港の中でも屈指のものだけに、夜を巨《おお》きく見せていた。

「映動、見る？」

「ああ」

宙港から少し離れた所に映動ドームがあった。それは宙港のぎらぎら光る金属感とは対照的にうすい霧の片隅に静かに坐り込んでいた。

映動の題名は『宇宙の奥深く』という記録ものだ。シロタとカーリは手をつなぐこともなく席についた。

人間が開拓した星々は、荒涼たる岩肌だけの土地、沸き返る海から、緑一色の世界に至るまで、千差万別だった。そしてそのうちのあるものには生物がいた。奇妙な恰好をし、おさない群落を作って住んでいるのだ。正直そうで真面目《まじめ》でこっけいな生物たち。人間より劣った生物たち。いまだに人間よりすぐれた生命体は発見されていない。ホモ・サピエンスは絶対なのだ。

人間は小屋を建て、熱線銃で焼き払い、工場を建設する。支配用人工頭脳が置かれる。

アナウンスは喋っていた。「人間こそは宇宙最高の存在です。文化を広めるために技術者たちは、冷凍睡眠状態になって、人類のために宇宙の奥へ奥へと進んでいるのです」そして人間たちは原住民を使役し、殺して食っていた。地球で勢力を得たと同じ手段で宇宙を征服しつつあった。

映動が終ると、二人は黙りこくって、ドームを出た。

「カーリ」言おうとして、シロタは口をつぐんだ。カーリの眼は涙で一杯になっていたからだ。

「人間だって、もとは原住民だったのに」

無理に笑いながら、カーリはそっと言った。シロタは、すさんだ自分の心が彼女の涙のためにふくらみ、瑞々《みずみず》しさを取り戻してゆくように思った。《カーリ》と彼は思った。彼女にどういう過去があったにせよ、何とかして助けてみせる。心の底では馬鹿げたことだと思いながら、そう思ったのだ。

帰る道々、二人はあまり喋らなかった。カーリは何か感情をとり返したようだ、とシロタは考えた。奇妙なからみあいの上に成立したつきあいをこのあたりで止めて……。

《カーリと同居申請を出そう。結婚というにはまだお互いによくは知りあっていない。しかし自分が、あの荒れ果てた毎日に疲れきった自分が人間らしくなるためにも、そのくらいのことはやってみよう。明日、カーリに申し込もう。自分はまだ完全にはすさみ切っていなかったのかも知れない》

そして、明日、サラリーの前受をしようと考えた。

カーリの室の前で別れるとき、シロタは自分でも思いがけなく「おやすみ」と言った。

「おやすみ」

とカーリは微笑んだ。こんなことはお互い初めてだった。

自分の都市へのハイウェイ・チューブから見ると、濃い霧が出ているのが判り、シロタは少しばかり面映《おもは》ゆく、それでいて深い安堵をおぼえた。


翌日、休憩時間に、シロタは四八八一ルームへ行った。サラリー前受制度を利用するのはこれが最初だった。それに前受の権利行使は一年に一回と定められている。

「シロタくん」

声をかけられて振り返ると、そこにはもとのルーム・リーダーのテクナが立っていた。

テクナはやつれて、少し小さくなったように見えた。

「前受ですか？」

「いや」

テクナは淋しそうに言い、手のカードを見せた。シロタは息のつまる思いでテクナの顔を見る。それは解雇証だったのだ。

「……そうですか」

「どうやら他への口もみつかったしね」

ぼそぼそと答えるテクナには、この間までの颯爽とした風采《ふうさい》はどこにもない。

恐らく、失策をしたとか、悪事をしたというのではあるまい。ただ、同じなのだ。シロタと同じことなのだ。時間の流れから放り出されてゆく多数のひとつなのだ。

もし自分にカーリがなかったら、とシロタは考えかけたが、懸命に抑えた。

「しかし、今すぐに手当を貰わなくったっていいんでしょう。別口があるのでしたら」

シロタの言葉に、テクナはにやにやした。それだけがもとのテクナらしい。そう思いながらシロタは、もとのルーム・リーダーがそっとポケットから取り出したパンフレットを覗《のぞ》き込んで、仰天した。

「こ、これは」

「しっ、そうだよ」

テクナは声を低めた。

「ドリーム保険さ。これからやる仕事にも困ったら、これを使う」

「だって、あれはインチキじゃないんですか？」

「かも知れないがね、まあ、これをよく見たまえ」

シロタはそっとそのパンフレットを開いて読んだ。

『ドリーム保険をご存知ですか？　保険は人間が考案した、効用とマイナス効用との巧妙な組合せの、代表的なものであります』

「まるで論文だ、人工頭脳が書いたんですか？」

「さあね、まあ続けて読んでみたまえ」

シロタは再び紙片に目を落し、その下手な宣伝文を読んで行った。そして次第に呆れ、かつ昂奮《こうふん》した。

——ドリーム保険とは、やり直しのための保険である。それも、自分が望む場所ですべてをやり直すことができるのだ。ただし今まで得て来たものは何もかも捨てなくてはならない。全くゼロからの出発だ。ただ、目的の場所へ行く費用と、そこで暮らすための知識については完全に責任を負う。ただし、契約金は一回払いで、支払いと同時に終身再出発権を握っていられる。それに、不思議なことだが、契約本人が死亡すると、契約金額はそのまま遺族にお返しする……。

「冗談じゃないですか」

「本当でなくってもいいさ。ここには何かしら夢があるよ」

「しかし、これじゃ申込み殺到でしょう」

「でもないんだ」テクナは笑った。

「みんなペテンと思ってるし、それに、契約金がかなり高いんでね」

それは、シロタのサラリーのまるまる十か月分に相当した。話を聞くと、月収の多い者でも、この率は同じだという。つまり捨てるべき現在の地位に比例しているので、個人別に契約金高が違うのだった。

「じゃ」

テクナが細い肩を少しいからせて去って行くと、あとには現実だけが残った。

「時間……」シロタはばたばたと駆けだす。休憩時間超過だった。さあ、フィッツギボンにやられるぞ。胸の中で炎が伸びあがり、彼の神経を灼《や》いてゆく。しかし払い出した前受金だけはしっかりと握っていた。

午後おそく、シロタはまたもやルーム・リーダーに呼ばれ、前受の理由について問いただされた。

「悪いとは言わん。だが、理由について、きみは話す義務がある」

「同居申請を考えていますので」

「ほう。相手は女かね？」フィッツギボンの目に、嘲弄の光が浮かんだ。

「多分そうです。カーリ・フルスというのは女の名前だと思いますから」

ちょっとぐらいは皮肉に聞こえるだろう。シロタはルーム・リーダーを窺う眼をして言った。

リーダーの眉が寄る。

「カーリ・フルス？」

「ええ」

突然、フィッツギボンは笑い出した。疳高《かんだか》い声で。シロタは白い眼で、思わずリーダーを見た。

「いい名だよ。うん。いいじゃないか。よく似合うだろう」

「は？」

「席へ戻りたまえ二八号、話は終りだ」

「しかし」

「駆け足！」

フィッツギボンが押し殺した声で命令した。

些細な事だ、とシロタは思った。あのルーム・リーダーはいつだってああなのだ。何も知らないくせに、ちょっと冷やかしただけだ。なんといういやな男だろう。どうせルーム・リーダーなどという手合いは技術にこり固まった奴ばかりだ。

「……シロタ」

カーリの指が、シロタのそれに搦《から》まった。二人を乗せたカーはもとの十二号都市のあたりへ来て静止している。透明なチューブの中にある、透明なカーは月光を散乱させて、二人を守っていた。

シロタの右手が、方向指示ボタンに触れようとする。「待って」とカーリが言った。

「考えたの。あなたのお話」

シロタは息を殺した。

「受けたいわ、同居申請。でも、あなたの会社のひとは」

「万能サービスといったらいいよ」

「つまり、どう言うかしら」

「さあね。ただ、ルーム・リーダーがいやな言い方をしたが、もともとそんな男なんだ」

「何て？」

「いい名だね、似合うだろう、いいじゃないかって。皮肉だろうな、あれ」

「いいリーダー」

とカーリは言ってのけた。「なんていう名前なの」

「フィッツギボン」

あらゆるものが停止したようだった。おそろしい瞬間が過ぎると、周囲はみにくく歪《ゆが》んでいった。「ルーム・リーダーが、わたしの名を知ってるのね」その声はひびが入ってかすれていた。

「どうかしたかい」

カーリの表情が、がらがらと崩れて行った。シロタは何かぞっとしたものを感じながら、それでも黙っていた。

やにわに、カーリはカーのボタンを押し、二人は反動でシートに押しつけられた。「フィッツギボン」とカーリは呻《うめ》いた。彼女はゆっくりと泣き出し、あっと言う間に号泣に身を委ねた。

「カーリ」

「放っといて」とカーリは叫んだ。「放っといて欲しいのよ」

あの、初めてカーリに会った時と同じじゃないか。何かのために自殺しようとしていたカーリ。

たちまち、シロタの心の中で、一切の関係が明白になった。

万能サービスを憎むカーリ。あてつけのように、捨てられる都市に坐り込んでいたカーリ。

フィッツギボンの名を聞いて硬化したカーリ。

「そうか」

とシロタはゆっくり言った。

「あの悪魔」とカーリが泣きじゃくりながら言った。

「悪魔よ」

冷えてゆく心を抑えつけて、シロタは叫んだ。

「カーリ。過去なんかどうでもいい。ぼくはきみを……」

「いや」彼女は烈しく首を振った。「いや。一緒には暮らせないわ」

カーは全速で走っている。光と影が二人を照らし出しては闇へ沈めた。明滅するあかりにも似て、シロタの心では憎悪と愛情が戦っていた。

カーリの住居の前まで来ると、カーリは物も言わず、室へ入った。髪を打ち振りながら。

もはや、シロタには拠《よ》り所がなかった。もしカーリに手をのべようとしたところで、それはあわれみか、屈従のどちらかしかなかった。灰色ぐらいならいい、もう人生なんて存在するものか。

眠れぬままに早く出社したシロタは、仕事につく前に、個人記録照合室へ行った。この記録照合は誰にでも見せるというものではないが、三桁級のルーム員なら、公用らしい顔をすれば、たいていは成功する。

彼はフィッツギボンのカードを照査し、そこで顔色を変えなければならなかった。ルーム・リーダーは優秀だった。着々と昇進コースを走っていた。しかも、その事蹟《じせき》の中にこういう一項があるのを、彼は見た。

……外部低級生命を対象とするサービスの一環としての人体実験に、人間の女性を使用して貴重なデータを得た。データ取得後、本人はその女性との同居申請を取り消し、会社は諒《りょう》承《しょう》した……。

外部低級生命相手のサービス？　シロタはかっと顔が火照《ほて》るのを押えることが出来なかった。しかも、それは多分カーリのことなんだ。フィッツギボンは自分との同居申請をしておいてから、カーリを人体実験に使ったのだ。

シロタは蒼白な顔で、カードを返すと、黙りこくって自分のルームへ歩いて行った。時々苦笑に近い影が、彼の頬を走った。

仕事を続けながら、彼はときたま薄笑いを浮かべて、フィッツギボンを見た。もしもカーリと一緒になりたければ、自分はすくなくともこのルーム・リーダーと絶縁しなければならない。が、それは彼の失職を意味している。

哀れなカーリ、とシロタは考えた。何というひどい目にあったのだ。しかし、それを考えると、彼の胸の中には紅蓮《ぐれん》の炎が渦を巻いて燃えあがるのだ。

「二八号」

とフィッツギボンが呼んだ。

シロタは答えない。

「聞こえないのか」

「聞こえています」

ルーム・リーダーは今しがた置いた映話器をみつめながら、精一杯の反抗を試みているシロタに、低い声で言った。

「私用映話だ。きみにかかって来たので代りに聞いた。カーリが自殺したそうだよ」

訳のわからぬ叫びをあげて、シロタは立ちあがった。リーダーの机へ突進する。

だが、フィッツギボンは動かなかった。むしろ静かだった。「好きなようにしろ」と彼は言った。

「あなたは……」息がつまってうまく言えない。

リーダーはきらりと光る目で、シロタを見返した。その中に一瞬、感情の念が動いたのか、それとも、シロタに対する同情があったのか、それは判らなかった。

「失敗だった……」と、フィッツギボンは突然呟いた。その唇が歪んでいた。

「なあシロタ、仕方がない、仕方がなかったんだよ」

「何が仕方がなかったんです」

「私は、なすべきだった。どうしても、あの女でなければならなかった。うまく行く筈だったんだが……」

リーダーは首を垂れ、だらだらと言った。シロタにはそれがただの釈明に過ぎないとしか感じられなかった。

「立派なリーダーめが」

「本当だ、どうしても、どうしても必要だった。私はうまくやったつもりだった。それで済んだつもりだった」

「嘘だ！」

「嘘でいい。さあ、なぐりたまえ」

シロタは茫然と突っ立っていた。この男が真実を言っているのか、演技なのか、シロタには判らなかった。

だが、それが何になろう。何を復活させるというのだろう。彼はいつか持てる物を次々と失い続けて来た。そして、最後のものまで失ったのだ。

シロタは暫く立っていた。それから、やっと聞こえるような声で、こう言った。

「……辞職します」

手続きはあっけなく終った。かなり多額の手当を貰うと、彼は会社を出た。思考混和のための幻夢所が、この都市の南端にある。コンベアーに乗って、彼は放心したように坐り込んでいた。現実はもう沢山だ。夢が欲しいだけだ。

だが、幻夢所が彼になにを与えるというのだ。醒《さ》めればまた夢を見るのか。永遠に続く夢が、どこかにないのだろうか。

――ドリーム保険！

シロタはぱっと眼を開いた。猛獣の眼に似ている。

彼はコンベアーを降り、見馴れたポスターの前に立って、申込所を調べた。そこはここから二時間ほど離れた第九号都市の近くに、独立構築物を持っているらしかった。

彼の嫌悪や憎悪や哀愁が、人生への倦怠が、彼を駆りたてた。夢を求めるためのあの熱心さで、彼は時間を調べ、長距離搬送車に乗り込んだ。この金とこの身体以外に、もう彼の持ち物はない。金はやがて尽きるだろう。身体を夢に委ねて、それで終りだ。シロタは押し潰されたような笑い声をあげた。

搬送車を出て、くろぐろとそびえる第九号都市に背を向けて歩き出すと、奇妙な感慨がどっと溢《あふ》れて来た。

この世界、この風景は、彼の生きている現実だったが、あまりに現実的すぎた。彼の心の中に、環境に、断絶がやって来たのなら、こちらの手で世界に断絶を与えてやっては、何故いけないんだろう。

しばらく歩き、眼の前にドリーム保険という看板の出た建物があらわれた時、シロタは訝《いぶか》った。やはりペテンだったのか。ドリームなどという際どい名前をつけた割には、その建物は平凡だ。いや平凡すぎた。当り前で標準的で、常識的で建築学的で、何より地球的すぎる。

考えていたので彼は行く手のドアが自動的にひらき、身体がコンベアーに乗ってその中へ滑り込んでゆくのにも、ちょっとの間気がつかなかった。

「いらっしゃいませ」

と受付に立った男が言った。

不意をつかれて逃げ腰になったシロタが何か言おうとしている間に、男は熱心に彼の手を曳《ひ》き、一室へ連れて行った。

「勿論、事情をお問いしたりしませんよ」

係員（だろうとシロタは思う）は、いんぎんに説明した。

「ただね、本当にこの保険に入る気があるのかどうかを聞くこと、それとその資格があるかどうかということ。この二つだけははっきりさせる必要がありますのでね」

「面倒ですね、ええいいですよ、何でもして下さい。そしてぼくが言う通り、これからすぐに別世界へやって下さいよ」

「まあまあ」

係員は逸《はや》るシロタを制して、質問を始め、シロタは椅子に片腕をひっかけて、投げやりに答えた。答えるたびに係員は手許《てもと》の操作盤のボタンを押すのだ。

かなり長い時間をかけて、係員は質問を終り、にっこりした。

「私の分はおしまいです。では、契約手続きをしますから、ご案内致しましょう」

シロタはへたばり果てて、ベッドに横になっていた。四回か五回にわたって、それぞれ別の室で手を代え品を代え、似たような質問をされたのだから無理もない。

「シロタ・レイヨさん、ですね」

またもや声をかけられた彼はぎくりとして身体を起した。三人の、見馴れぬ防護服をつけた、男か女か判らない人間が、彼の脚元《あしもと》に突っ立っていた。

「おめでとう。あなたは合格ですよ」

「合格も何もあるものか。ぼくはここへ実験台になりに来たんじゃないですよ」

「もうおしまいです。では、最後に質問を……」

わああとシロタは叫び、三名は驚いてドアの方へ後退した。

「いったい、何回聞くんです。事情？　意思？」と彼はわめいた。

無言で三名はうなずき、シロタはヒステリックに喋り出した。言うほどに、言葉は奔流となり、ドリーム保険への憤りは、一般世界への憎悪とかわっていった。

「ねえ、ぼくはもうこの地球にいたくないんだ。地球どころか、人間のいない世界に行きたいんだ。今の世界、これはいったい何です？　すべては確率と級数、物質論、反応心理学、新皮質制御労働管理、スーパーOR、エトセトラ、エトセトラだ。個性も、感動も、何もかもおしまいだ。創造への意欲や、理性を超えた感動は、半径百五十光年にわたる人類文化のどこにもない。計算、科学、採算、それだけだ。どう思います？

それに、プロクシマ・ケンタウリ付近のイースター・ゾーンだって、今では孤立して自分たちの歪んだ世界を作っているじゃないですか。あの世界には、今のわれわれと違う文明があるとは聞いてますがね、だけどあんなに発展性のないのも嫌だ。ぼくは混血児です。イースター・

ゾーンの定期宇宙船のパイロットだった父と、地球の母との間に生まれたそうです。でも父は二度と戻って来ませんでした。地球の女と交渉を持ったから、パイロットの職を失ったっていう話です。その後、すぐ母は死にました。そんな閉鎖的な世界へは行けないじゃないですか、ええ、人間なんてもう沢山ですよ、全く」

言い終ると、にがにがしく三名を見る。三名はじっと彼を見返した。

「じゃ、大丈夫ですな。本当に全く新しい世界へ行っても」

「当り前ですとも。そのために此処へ来たんだし、第一、ぼくには今夜の住居がもうないんですよ」

三名は満足そうにうなずきあっている。気違いの集団かな、とシロタは思った。

「いいですな。本当の第一号になりそうだ。もしあなたに行く気がないんだったら、出発は出来ないんでね。じゃ、すぐに行って貰いましょう」

「す、すぐですか。睡眠教育か何かで予備知識を与えるのは……」

「その必要はありません。これからすぐ、あなたの気持が変わらぬうちに、出発して貰うことにします」

「代金、いや、契約金さえまだ払ってない」

「持ち金を全部頂きます。どうせ今お持ちの分では足らないんですよ。さっき調べましたがね……。サービスです」

「呆れたもんだ」

シロタは驚いたが、素直に連中の言いつけに従う。

大きな室の中に、複雑な配線を施した椅子のようなものがあった。彼はそこへ坐らされそれから待った。

突然、烈しいショックを受けて、彼は目がくらんだ。意識を失いかけながら、彼がさっきから変だと思っていたのが何であったかに気がついたのだ。

《ここの連中は、みなよく似ている。ごく平凡だが、誰もかれも同じような顔をしているのだ。何故だ、何故？》

だが、全くだしぬけに彼はさんさんと陽が照る丘の上にいる自分を発見して、ひどく狼狽《ろうばい》した。気でも変になったのかな？　彼は慌てて足許の土をつかんで、それが本物であると知ると、歓声をあげた。

ドリーム保険は嘘ではなかった。本当に彼は今、地球の外へ……。

《いや、待てよ。こんな話を読んだことがあるぞ。他惑星へ行ったと思わせて、詐欺を働く小説だ》

考えながら眼を、空へ向けた。そこには太陽が二つあった。たしかに地球じゃない。

彼は安心して、手を腰に当て、自分が全裸であるのに気がついて、赤面した。こんなに迅速《じんそく》に移動出来ることの不思議については、彼はまだ何も気がついていなかった。

4　漂着者

丘から眺める風景は、淡い色をした山脈と遠い湖とで成り立っていた。
《少し平凡だな》
とシロタは考え、それから自分が裸であるのにかかわらず、別に寒くもないのを感謝した。多分、あの、二重太陽のせいだ。周囲の樹々は、並んだ太陽の光のために、微妙な色の調和をたもっているし、シロタ自身の影も、ずれた二つの色の重ねあわせになっている。加色混合というやつだろう。あたりは不思議に白っぽく、いっぱいに降る光の中でのシロタの位置は、異常なまでの静寂に包まれていた。
一時間も考え事をしていたろうか、彼は少しばかり退屈になり、それから不安になってきた。その不安の源が、水とか、食料とかいった必需品が、どうも手近になさそうだからということに思い当った時、シロタはどきんとして、狼狽せざるを得なかった。
《ドリーム保険の連中、ひょっとするとこの事まで考えなかったんじゃないだろうか》
しだいに焦りが増してくると、今までの事が何もかも奇妙な謎に満ちたものに思える。まず、どうして自分が此処へ来たのか、それすら定かではないのだ。あの変な椅子に坐り込んで、次に気をとり戻した時、自分は此処にいた。

ひょっとすると、あれからもう何十年かたっているのだろうか。意識を失ったシロタは、そのまま冷凍状態になり、ロケットに詰め込まれて、この星に置いて行かれたのではないだろうか。彼の常識で考えられる可能性はそれぐらいしかない。

だが、そうでもなさそうだった。彼の身体には別段何の異状も見られない。何十年どころか、まださっき仄《ほの》かに感じていた空腹感さえ残っている。

食事——とシロタは思った。冗談じゃない。ここで死んでしまうぞ。それに気のせいか喉がかわいて来た。

人口が増えて困るために、計画的に人間を捨てる商売——それがドリーム保険じゃなかったろうか。

いや、そんなことはどうでもいい。いったいこれからどうなるんだ。助けてくれ。

ここにじっとしていては、とうてい助かる訳がない。せめて、あの、遠くの湖へでも行けるだけ行ってみよう。それまで身体が保《も》てばいいんだが。

シロタは遠い風景を望み、それからぎょっとした。

風景には斜めに陽が照り、くっきりした影を走らせている。それなのに太陽どもは、たしかに頭上にあるのだ。

これはどうしたことだ。笑いごとではない。いくらシロタでも、そういう変な光線が存在するとは信じられなかった。

彼はそこに立ったまま、ぐるりとひと回りしてみた。眼がどうかしたのか、風景の一部が途中で切れて、そこからは森林になっているではないか。

《まるで狂ったパノラマだ》

顔色を変えて、彼は走りだした。正面の湖の方をめざして。

ものの五十メートルも走ったろうか、シロタは凍りついたようにその場に立ちすくんだ。景色が、消えてしまったからである。しかも、目の前には石材で出来た建物の群が並び、そのむこうに高い黄色い塔が、威圧するように立っているのだ。それだけではない。そこには人間がいた！　一人や二人ではなく、十数人かたまって、こちらを見ている。

シロタが思わず後じさりすると、忽然《こつぜん》と目の前には、あの、傾いた日を浴びた山と湖があらわれた。

更に後退してみたが、同じことだ。ちゃんと風景は存在している。

《今のあの人間どもは夢だったかな》

眼をこすってみたが、太陽も山もちゃんとあった。

いつか驚きはもとの焦りに還った。シロタは再び前方へ突進した。突進の半ばで、またもや建物群が出現した時、彼は考えた。

《あれも多分虚像に違いない。このまま突進すれば、きっと消えてしまうんだ》

だが、そううまくは行かなかった。激しい勢いで、石材に頭をぶつけたシロタは、眼の前がまっくらになり、そこへ昏倒《こんとう》してしまったのである。

気がつくと、数人が彼を手当てしているところだった。石の床に寝かされ、裸のまま、身体を撫でられている。

彼が最初に考えたのは、欺《だま》されたということだ。ここは異郷なんかじゃない。地球のどこかだ。いい笑いものだ。

だが、地球に太陽が二つある訳はない。そうすると、ここは数多い人類の支配圏のどこかにある、二重太陽を戴《いただ》く惑星のひとつなのだ。人間のいない所と、あれほど言っていたのに。やっぱりペテンだったんだな。

「気がつきましたか」

と、男の声がしたので、シロタはその方を仰いだ。

「あの景色はスクリーンに映した虚像なんですよ。われわれはこの石の家に住んでるんです」

痛む頭を抱えながら、シロタは身体を起こした。

いるのは数名の男女だ。簡単な服を着込んでいて、彼の気のせいか、好奇心と同情の入りまじった眼で彼をみつめている。

「あなたがた、誰です?」

「あなたと同じ人間ですよ。欺されてここへ来たんです」

それみろ、やっぱりペテンだ。シロタはがっかりしながら、床に坐った。

「じゃ――」

「そうですよ。ドリーム保険に欺されたんです。原始生活みたいなもんです」

男は言った。

「ここ、地球の近くですか」

「それが、どうも、そうでもないらしい。多分、ウェプルテン世界です」

「ウェプルテン世界? 何ですか、それ」

「魚が三匹で統治している、三角宇宙のことです。知らないんですか?」

シロタは眉根を寄せて男を見た。ぎらぎらと光った眼、薄汚ない風采、どうも狂っているとしか思えなかった。

「違う!」

と別の女が、その男を突きのけた。

「止めなさい。ペーポに叱られる」と男はどなり、女を叩いた。女はわっと泣き出し、不意に泣き止んだ。

「聖者が来た!」と女は言った。「正しく清いものが救われる」

三人ほどがそれに和し、一方を指して礼拝する。

シロタは茫然とこの有様を眺めていた。いい加減にしてくれ。精神病院じゃあるまいし。塔から続いた道を、人間らしいものが歩いてくる。女とその仲間は、しきりにそちらの方へ礼拝しているのだ。男の方は、虚空をみつめたまま、「お許しを、ペーポ」と呟いている。

まだこの上に狂人が増えるのじゃ、やりきれないな。シロタはそう思いながら、今しも近づいて来る、その人間に瞳をこらした。

来たのは、青い袋のようなものを着込んだ人間である。男か女か判らない。しかもその目鼻だちは人間に相違ないが、それでもどこか変な感じがした。

「あなた」

と、そいつはシロタを指した。

「名前と、それにもとの職業を」

シロタは腕組みをして答えなかった。その人物はじっとシロタをみつめ、いかにも失望したという表情だ。

「いったい、これは何です？　ここはどこなんです」

たまりかねたシロタが言った時、その人物の眼に光が宿り、喜びの声があがった。

「狂ってないようですね、あなた」

と、その人物は叫んだ。「来なさい」そう言うと、シロタの腕をとる。

「止《や》めてくれ」戸惑ったシロタは抵抗したが、放免しては貰えなかった。

「水も、食物もある。その場所へ案内する。さあ」

と、そいつは言った。つられたシロタは衝動的にたちあがる。

それから黙って、その人物について行った。

塔の黄色は、傍《そば》で見ると、むしろ黄色っぽいタイルのようなものの集合体で表面を掩《おお》われているのだった。窓はない。見上げると何だかその頂上ははっきりとせず、やたらに乱反射していた。

塔の下部の周囲には水道管やパイプのようなもののコックがついている。汚物や衣服の類が散っているので、シロタはあの人間たちがここで食事をするのではないかと思った。

いつか、彼の身体は、変な人物と一緒に、コンベアーの上を滑っていた。門が開かれている。どこかで見た光景だとシロタはぼんやり考える。

——ドリーム保険！

そうだ。感じがそっくりではないか。いったいこれは暗合なのだろうか。

冷え冷えとした円い仄暗い部屋に来ると、例の人物は彼に衣服を渡した。さっきの狂人めいた連中が着ていたものと同じ服だ。

「名前を言いなさい」

と、そいつは言った。はっきり命令とわかる口調だ。

もう抵抗する気はない。

「シロタ・レイヨ。三十歳」と彼は答え、そいつが、手に持った奇妙なものに何か書きつけるのを見守る。異様な雰囲気がそこら一杯に充満していた。

服を着、渡された固形食料を食べてしまうと、シロタはそこへ坐り込んだ。

急速に眠くなってきた。きっと今の食料には睡眠剤が入っていたのだ。

いっそ、このまま眼が覚めなければいいんだが。こんなふうな狂った、訳のわからぬ環境で、今度は奴隷にでもされるのではないだろうか。それくらいなら、死んでしまった方がましだ。この変な人間は人間じゃないみたいだ。うすれてゆく意識の中で、シロタはそんなことを、考え続けていた。


眼がさめると、彼は腕の時計を見ようとした。《遅刻するぞ!》だが時計はなかった。彼はコンクリートに似た材質の、円い床の上に眠っていたのだ。

今までの記憶が重なりあって殺到した。

塔。

塔は見えない。いや、周囲には壁もない。

太陽がひとつ、山の端にかかっている。それも、もう沈もうとしていた。

首をめぐらすと、ずっと遠くに、あの塔が見えた。その下あたりには石質の群落がある。彼はどうやら運ばれて来たものらしい。いったいどういう訳で自分がこんな目に会わねばならないのか、シロタには皆目見当がつかなかった。

立ちあがって、台を降りて、数歩進んだ。突然何かが彼を妨げ、彼はそこで足踏みをしてから引き返す。

どの方向も同じだ。目には見えないが、何ものかが、彼を包み込んでいるのであった。

これは牢獄だ。シロタは啞然としながら、もう陽が落ちて、しだいに暗くなる空を眺める。月があった。真上にひとつ、右手にふたつ。この儘だと、自分は窒息するんじゃないかしら。どこもかしこも、この隔膜でおおわれているのなら……。いや待て。大体、この星で何の保護具もなしに、こうして呼吸しているのさえ変ではないか。

彼の頭脳は、しだいに回転をとり戻しつつあった。

地球でのことは、遠い遠いものに思える。しかも、それにも拘らず、この世界の方が更に非現実的だ。

ここでは自分は別の意味での現実逃避をしなくちゃなるまいな、とシロタは考えた。別の意味での現実逃避――それは現実そのものの中へ滑り込んで、目の前にあらわれる諸事象すべてに全神経を集中するやり方だ。

何にせよ、ここから脱出しなくてはならない。

彼は足許に落ちた石を拾うと、地面に平行に抛《ほう》った。すぐ傍で石は一瞬静止すると、ぽたりと落ちる。

暗さが増して来る。月光はそんなに明るくはない。

再び石を拾う。今度は天頂さしてやや斜めに放った。予想どおりだ。ぐんと伸びた軌跡はゆるやかにカーブを描き、夜の闇に呑まれた。落下地点がこの透明壁のあちら側であるのに間違いはなかった。

この牢屋の壁は、低い筒形なのだ。それならば地面の下まで続いているかどうかわからない。

彼は大きな石塊を見つけると、透明壁の下を掘りだした。

約二時間後、シロタはへとへとになって、それでも壁の下の脱け穴を潜って、外へ這《は》い出ていた。間の抜けた奴らだ。だがよく出来た壁だな。彼は感慨を持って、外から壁を撫でようとした。

壁はなかった。

何もなかった。牢獄の壁は、囚人が脱出すると同時に、存在するのを止めたのである。

地球文化の技術は、まだこの程度に達してはいない筈だ。

シロタは電光のように周囲を見渡した。

——逃げるんだ。

彼は恐怖に憑《つ》かれた全速で、まっしぐらに駆け出した。助けてくれ、助けてくれ、助けて……。

だが、それも不可能だった。いつまでたってもあの円形の台はすぐうしろにある。風景だって、ちっとも変わっていない。彼が塔から遠ざかろうとすればするほど、足許の地面が重なりあったようになって、彼の逃亡の速度をゼロにするように反対へ動くのだ。

じゃ、塔の方向へは？

訳はない。自分の三倍ぐらいの速度で、そちらへは行けた。これは誘導だ。こっちへ行くのは、誰か知らぬが彼を囚《とら》えたものの意志に従うことになるらしい。

しかし、もう戻れなかった。さっきの台のあたりへさえも。

シロタは諦めなかった。全力をあげて脱出しようと試みた。それが鼠とりにかかった鼠がやる、もがきに似ていることを悟ったのは、夜明け、塔のすぐ傍で全身の力を使い果して倒れた時であった。


塔の内部は清潔で、うす緑の照明が、ほどよく調和している。

「なるほど」

頷いたのは、かなり年をとった人間だ。男か女か、シロタには区別がつかない。

「何故、あなただけがこちらへ来ることが出来たのか、それで判った」

そう言うと、老人は振りむいて、他の数人に何やら喋りだす。おそろしく速い口調でしかも明晰だった。

床はなま暖かい。植物性のものではないのかな。

ぶっ倒れてから、例のコンベアーに乗ったまま、ここへやって来たシロタは、たちまちにして、この連中にかこまれたのだ。

彼らは、魚のような眼をしていた。いや、物は言いようだ。あまり瞬きをしない静かな眼とでも言おうか。とにかく地球の人々よりは背丈も少し小さい感じである。その連中がみな袋に似た服を着ているのだ。

色はいろいろだが、たいていは緑色を交えていた。もっと平常の場合なら、シロタは楽しく鑑賞していたに違いない。

地球──ああ地球、とシロタは考えた。何という早まった真似をやってしまったんだ。

「ええと、エスピーヌン」

再び老人が言ったが、シロタは横を向いていた。彼はシロタ・レイヨである。エスピー何とかではない。

「そうそう、シロタだったかね」

「何ですか」

「あなたは適当な標本だね」

「標本? 馬鹿を言わないで下さいよ」

「いや失礼。本当のことだ」

「勝手にしろ」

「あなたは欺されたと思っているかね。ちょうどあの建物の、狂ったエスピーヌンのように」

「何だか知らないが、ペテンにかけられたのは事実でしょう」

「いや、半分は本当だ。あなたを送り込んだ連中は約束を守ったんだから」

「…………」

「はっきり言うが、われわれはエスピーヌン——いや、地球人ではない」

「なんだって」

シロタは茫然と、その妙な連中を眺めた。

「本当だよ、ここはあなたがたの母星から二千光年を距《へだ》てた地点にある星の、一惑星だ」

二千光年？ 冗談じゃない。あの気狂いめいた拡張力を持つ人類ですら、まだ百五十光年の範囲にしか手を伸ばしていない。百五十光年といっても、光の速度——一秒間に約三十万キロメートルを飛ぶあの速さで百五十年はかかるんだ。そこへ行くには冷凍睡眠状態になって、光子ロケットに積み込まなければならないというのに、冗談じゃない、二千光年？

「そうだ」とシロタの顔を見ていた老人は静かに言った。

「くわしくは、われわれの母星で説明する。われわれの役目は、健康な地球人を手に入れて、母星へ送り込むことだ。あなたは合格したのだから、行ってもらうよ」

「母星？ どこの」

「エリダヌという。われわれはエリダヌ族だし、きみたちはエスピーヌ族、つまりエスピーヌんだ。ここから更に一万八千光年を行ってもらう訳だ」

シロタは仰天した。一万八千光年？　気が変になりそうだった。

「ま、連絡がとれるまで、暫くあの家にいてくれないか」

老人が言い、シロタは口をあんぐりと開けたままだった。一万八千光年……光の速さで一万と八千年、もっともその速さに近いスピードで行けば、たかだか本人の感覚では十年ぐらいで行けるということを聞いたことがあるが、別に、光の速度に接近すればするほど、進行方向にむかって縮まるということも聞いていた。十年間、ぺちゃんこになって、訳もわからぬ遠くへ突進……。いやだいやだ、嫌なことだ。

「命令だ」

老人は言うと、わきの一人に何事かを言った。そいつは立ちあがると、シロタの腕をとった。

シロタはうめいた。

石造の建物は二十軒あまり。シロタはそのうち、最も塔に近い場所に収容された。疲れ果てた彼は、たとえ陽が照っていようとそんなことはお構いなく、例の暖かい床の上に転がると、すぐに眠りに落ちた。

そして夢を見た。

彼はまた会社にいるのだった。執務机のブザーが鳴り、ボタンを押すとカーリがいる。白い顔と淋しそうな眼で、何も言おうとはしない。『カーリ』と彼は呼んだ。カーリは答えずにじっと彼をみつめている。何か言ってくれ、何か。突然カーリの顔がひきつった。『二八号!』とフィッツギボン。シロタが手をひと振りすると、執務机もルームもぐるぐる回りはじめた。

老人がにやにや笑いながら吠えた。『ノルマだ、ノルマ』

『カーリを返せ』とシロタは叫んだ。『カーリ、カーリ、カーリ』

汗がじっとりと身体を濡らしていた。ゆっくりと頭をあげると、そこに、さっき送って来たエリダヌ人がいた。

『帰れ』とシロタが言った。

エリダヌ人はひくひくと喉を動かし、彼に触れた。

『一万八千光年飛ぶのよ。あなたは年をとって朽ちて、灰になって、魂だけで飛んでゆくのよ。どこまでも、どこまでも』

それはカーリの声だ。シロタは恐怖の眼をひらいたが、声にならなかった。『死ね』と言いたかった。『本当のカーリでなかったら死んでしまえ』と。

暗い風が彼を吹いている。シロタは今度は本当に眼をさました。夢か。夢だったのか。

「寝ましたか」

と枕許《まくらもと》にいるエリダヌ人が言った。

「……そう。よく眠った。どのくらい寝ていましたか」

起きあがるシロタへ、エリダヌ人は妙な微笑を投げた。「時間の単位はよく判らないんです。しかし、ずいぶん長い間だった。私は二度戻って、また来たのだ」

シロタは無言で、何度も頷く。覚めなければよかった。この現実よりは、さっきの悪夢のほうがよっぽどましだ。茫《ぼう》とともされたあかりが何であるのか判らなかったが、シロタはただ深い息をついて、その光を見た。薄い緑色だった。

またもや、シロタは、自分がひとりぼっちで異郷にあることを思い、これから先、どうなるのだろうと考えた。

「自分は、シニュームといいます。あなたの世話をするように言われている」

エリダヌ人はそう言った。

シニュームか。妙な名だ。しかし、この連中に名前があることが判っただけ、まだましというものだ。

彼はまだ視点の定まらぬ目で、そのエリダヌ人を見、覚悟を決めて言った。

「いいよ、さあ、シニューム。標本はめざめた。実験でも解剖でも、好きなようにしてくれ」

シニュームは真面目にうなずいた。

「来なさい」

いくつもの月に照らされた道を、シロタはシニュームについて行った。

「ここは、いわば動物園なんです。ある理由で、われわれは此処で仕事をしているんですよ」

みちみち、エリダヌ人は説明した。

目の前にやって来た、この不思議な現実に対し、彼は順応しようと努めた。いちいち懐疑にとらわれ、ひとつひとつを否定したり肯定していたりした日には、気が狂ってしまうであろうことを、彼は直観的に信じたのである。生きてゆくためには、あらゆる事象を素直に受けとめねばならなかった。

生きてゆく? そうだ。たとえ生を捨てたつもりでも、こうした妙な生活に滑り込むことは、死とは本質的に異なっていたのだ。

「この星には、多くの生命体がいるが、今のところ、本当の意味で高等生物といえるのは、エスピーヌンだけだ。いや失礼。あなたがたは自分で、ホモ・サピエンスと呼んでいるんだったねえ」

「……そう」

シロタは茫然とシニュームを見る。多面月光の中を、まっすぐ歩いてゆく、そのエリダヌ人の顔は、きわめて静かだった。

「われわれは多くの、優秀な生物を見てきている。が、われわれと同じ型の生命体で、まともなものは、あなたがただけなんだ」

「しかし、生命体の殆んどは、劣等種族なんじゃないか？」

エリダヌ人は、笑った。ちょっと、ぞっとするような単調な笑声だ。

「知らないのだ、あなたがた」

「知らない？」

「無理もない。あなたがたの支配圏は、たかだか百五十光年というではないか。本当ならまだ、あなたがたエスピーヌンは銀河連邦に加入できないところだ」

「銀河連邦？　そんなものがあるんですか」

「あるとも、その可能性は考えなかったのか」

「考えたことは、ああ、ある。しかし歴史の発展と共に、そんなことはいつか忘れられてしまったんだ」

「ふむ」

エリダヌ人はしばらく黙った。それから不意に顔をあげ、もうそこにある例の塔を指し示した。

「とにかく、そうしたことどもを、ここで喋ってもらわなければならない。まだ、われわれはあなたがたのことをよくは知らないから」

無論だよ、とシロタは思った。第一、彼に対する言葉遣いも一定せず、妙に優しくなったり、突っぱねたものになったりする。

だが、立場を逆にして、地球人がエリダヌなる種族をどのくらい知っているかとなると、これはゼロだ。どのみち、彼らの優位はゆるがない訳である。

「ここだ」

塔は壁全体、螢光を放っている。夜見てはじめてわかったのだが、それは塔内の光が、壁を透しているような感じだった。壁自体もこうしてみると、得体の知れない材料で出来ているらしい。

しかし、彼らの好みなのかも知れないが、何もかも緑色だった。うす緑の壁、照明の色、すべてが、濃淡の差こそあれ、緑色系統が勝っている。

《エリダヌ人の光の主調は緑なのかなあ》

シロタはそんなことを考え、それから地球上での色彩心理学が、ここでは何の用もなさないのに気づくと、苦笑した。

「さあ」

シニュームの合図に従って、彼は塔の中へ入って行った。

塔内に入った時、シニュームは少し高い声で言った。

「母星との連絡が、もう、とれたのでね」

5　短い滞在

世界観というものは、人類発生の昔から絶え間なく変化してきた。それは対立物の発見と激突と合一の歴史であり、拡大と深化との倦《う》まざる交代であった。

科学が人類最大の武器として登場してからこのかた、そうした意味での交代は終ったかの観があった。ひろがってゆく支配圏への異常なまでの執着が、人類の主流となり、倫理を支配し続けていた。偉大なる宇宙、と人々は呼んでいたが、それは単に空間的ひろがりに過ぎなかった。本来人類の片翼である東洋的精神文化が、きわめて小さな一地域となってみずからを閉ざし、年月と共に歪んでゆこうとしていたのもそのためだ。

百五十光年！　光の速度でもなおかつ百五十年を要する距離が、人類の手に触れられては開発されて行った。問題は山積し、集積されていったが、それと同じくらいの速さで人間の技術的水準は解決法を生み出し、追いかけていた。

だが、それは依然として同質の拡大でしかなかったのではないか。さまざまの生命体が人類を迎え、人類に屈服した。何百年、人間は王者だった。一千億のホモ・サピエンスに従う無数の亜人間。人間の唯我独尊意識《ゆいがどくそんいしき》は科学の目的とは逆に深まってゆくばかりだったのだ。

勿論、シロタ・レイヨがそうした観念を完全に把握して、この奇妙な一世界で思惟《しい》を練った訳ではない。彼は彼なりに対処し、その時点をともかく切り抜けようと頑張っただけである。母星との連絡所は塔内にあったけれども、シロタが考えていたように、スクリーンをとおして会話するのではなかった。

そこは音声タイプのような機能を持つ記録装置と、投入口と受出口のある巨大な機械から成りたつ、不気味に自動化された一室だった。

エリダヌ人たちはそれぞれ配置につき、ボタンの列を操作している。全部で二十名あまり、とシロタは見た。

彼の前に坐った三、四名は、絶えず喋りながら、機械を調整し、シニュームはシロタの横に坐った。どうやら本当に、このエリダヌ人はシロタの飼育係らしい。

彼らは、どれもこれもよく似ていた。顔だちこそ、地球人類のと同じく千差万別であったけれども、その眼は静かで、どことなく共通したものがある。感情のきめの細かさが欠けているとでもいおうか、そのくせおそろしく知的なのだ。彼らにはある種の神々しさと野蛮が共存しているのではないかとシロタは考えた。

何もかも準備は出来たらしい。彼らは期待するような表情で、ちらちらとドアの方に視線を投げている。いったい何を待っているのだろう。例の機械からは絶えずカードが出て来ては、音声機に投入されて声となっている。それがどうやら母星との連絡だと気がついたシロタは、カードを注視し、声に耳を傾けてみたが、もとより判る筈はなかった。

いらいらしてみたり、放心したりしながら随分長い間、彼は坐っていた。

ドアが開き、反射的に目をやったシロタは次の瞬間、あっと立ちあがっていた。部屋に入ってきたのは、あの、ドリーム保険の社員ではないか！　彼に何度も何度も質問をおこなった、あのペテン会社の社員が二人、そこにいたのだ。

「昂奮しないで」と、シニュームがささやく。

今にして判った。エリダヌ人たちが、異質の中に、どことなく既知感を彼に覚えさせたのは、ドリーム保険の連中の印象と、同じだったからだ。

彼らはひととおり、話を交わすと、今まで使われていなかった装置のひとつに、スイッチを入れた。

再び、シロタは口をあんぐりと開けた。驚いたのも当然で、それは言語翻訳機だったのである。だが、考えてみれば、当り前のことかも知れない。既にシニュームら、ここのエリダヌ人たちが地球語を使っているのだから、そのくらいのことは考えられた筈だ。

「さて、シロタ・レイヨくん」

と、ドリーム保険の社員が、エリダヌ語で喋り、機械がそう言った。

「われわれは地球語を話すことはできる。きみたちの植民地の連中などよりは遙《はる》かにうまく喋ることが出来るつもりだ。しかしわれわれはここで言語翻訳機を使わねばならん。何故なら、これから訊ねたい事柄は、事象の概念だけではなく、微に入り、細にうがった精密なデータがほしいからだ。この翻訳機はわれわれが長い間かかってこしらえ上げたものだから、両語の関連がごく正確に結ばれている筈だ。きみたちの観念と、われわれのそれとは、どうも根本的に違っているようだからねえ」

「われわれ？」

シロタはぼんやりとしたものがしだいに形をとってくるのを感じながら、ゆっくりと訊ねた。

「そうさ。勿論われわれはエリダヌ人さ。エリダヌ人以外の何者でもないよ。地球へ潜入するために、多少整形手術は受けているがね」

反射的にドリーム保険の社員は地球語で答え、その声がエリダヌ語に変換されて響くのに、しまったという顔をした。地球語で喋るのに馴れてしまったので、つい、エリダヌ語で言うのを忘れたらしい。案の定、他のエリダヌ人はこわい顔をした。

「代ろう。つまり、彼らは、スパイなのだ」

別のエリダヌ人がそう言ったので、シロタはその方に顔をむける。

「われわれは、いや、きみたちをも含めて、すべての生命体は今、非常な危険にさらされている。その危険は全く大きいものなので、銀河系の諸種族は団結する必要がある。きみたち地球人も、無論例外ではないのだ」

「危険？　銀河系の諸種族？　なんだか仰言《おっしゃ》ることがよく判りませんが」

エリダヌ人たちは妙な顔をした。どうも軽蔑されているらしいとシロタは考える。別に軽蔑されたってかまうもんか。自分には何のかかわりもないことだ。

暫くの間、気まずい沈黙が流れた。

ドリームの社員が、もとからいるエリダヌ人に何かささやく。

「シロタ・レイヨ」

と、エリダヌ人がこちらを正視した。

「あなたが、地球を離れるに至った動機は既に聞いている。非常な虚無感――このことはわれわれにはよく判らんが――によるものらしいが、それは銀河系のすべての生命体が滅亡しても関知しないほどひどいものなのかね。つまり、自分が故郷を捨てたからには、他の何ものにも興味はないという訳だね」

シロタは薄笑いをうかべた。

「多分。多分そうでしょう」

「何故？　どういう論理で？」

「誰でも知っていることだ。自分自身の存在が無に帰した時、あらゆる宇宙もまた無に帰るのだ。知覚されない存在は、存在ではない」

「…………」

「それが人間の原始的な生存感覚なのだ」

「よく判らないな」

「判らなかったらそれで結構。今のところ、地球へ戻る意思はない。ということはつまり、全宇宙が存在しなくても何の痛痒《つうよう》も感じないということです」

「そうか」

エリダヌ人はそう言い、眼を光らせると、ドリームの社員に合図をする。ドリームの社員が突然言った。

「あなたは嘘を言ったね」

「嘘？」

「もはや、地球には、あなたの関心を惹くものは何ひとつないと言ったではないか」

「言いました。だが、それは本当ですよ」

「嘘だ」

「どうして嘘なんです」

「われわれがきみを追ってくるため、瞬送装置に載ろうとした直前、一人の女が訪ねて来たのだ。きみを探してだ。カーリ・フルスといってな」

「それこそ嘘だ！　馬鹿な、カーリは死んだんだぜ」

語尾が震える。

「証拠を見せてやろう。そら」

ドリーム保険の社員は写真を出した。シロタはそれを奪いとり、覗き、ああと声をあげた。

間違いない、カーリだった。

と、すると、フィッツギボンは……。

そうだ。おそらく嘘をついたのだろう。自分の社に恨みを抱く者は絶対に入社させないというのが最近の連立会社のやり方だ。たとえ配偶者としてでも望ましくない……。それは自分の会社に対する献身に必ずマイナスになるからという理由からである。勿論、強行すればシロタはカーリとは結婚出来ただろう。が、そのためにシロタ自身冷遇されるのも自明のことだった。フィッツギボンが、そうしたシロタに僅かながら好意を見せたのか、自分のまき散らした遺恨をおおい隠そうとしたのか、それは判らないが。

しかし、ともかくシロタは嬉しかった。まだカーリは生きているのだ。

「答えたまえ」

エリダヌ人が言っていた。

「これで、きみ自身にも判ったろう。きみは嘘をついた」

「嘘じゃない。あの時は本当にそう信じていたんだ」

シロタはどなった。畜生、畜生、もしそれを知っていたらなあ。

「それは多分本当だろう」

別のエリダヌ人が言い出した。

「あの瞬送装置は、移送する人間の心の中に未練が残ったり、行先への嫌悪があった時には失敗する。つまり気が狂うんだ。あの村の連中と同じように、疑念を抱いた部分が再編成される時に組織が変わるんだな。だからこの地球人は本気でそう思っていたんだろう」

シロタはぼんやりとそれを聞きながら、熱心に考えていた。地球へ戻ろう。そこでやり直そう。

「さあ、われわれに協力するかね」

「どうして」

「そのカーリなる人物のいる地球を守る義務があるとは思わないかね」

「……だが……」

「帰りたければ帰るがいい。しかし、その目的のために瞬送装置を使わす訳には行かん。きみはわれわれが得た最初のまともな標本なんだから」

「ロケットで帰りますよ。光子ロケットで」

「二千年もかかってかね。途中で死んでしまうよ」

「冷凍睡眠状態になります」

「駄目駄目。戻った頃にはもう、そのカーリなる地球人は生きてはいまい。二千年だからねえ。第一、あと二年もきみたちの地球が無事ではいまい。ロケットの中で殺されるよりは、戦って死ぬ方がましだろう」

またシロタには判らなくなってくるのだった。銀河系の危機とか、戦うとか、いったいどうしたというんだ。

「要するに、ぼくには何か義務があり、それを片づけないうちは、帰ることは出来ない、ということですね」

「そうそう、やっと話が判って来たな」

「じゃ、仕方がない。やりましょう」

一座にほっとした空気が流れたのをシロタは感じとった。ひどく芝居じみた話だ。いったい、何がどうしたというんだろう。何でもいい。彼はどうやら再び意欲めいたものが心の中に湧いてくるのを覚えた。

「やりますから、手短に言って下さい」

シロタの声が変換され、投入口から送られると、すぐに返事が戻って来た。エリダヌ人が、それを読んだ。

「情況を説明したのち、直ちに母星へ送るようにせよ。分析の用意をしておく」

塔内にある、小さな一室をあてがわれて、はじめてシロタは自分を取り戻すことが出来た。ここへ来てからの狂気めいた数日は勿論、地球での生活を、本当の意味で反省することが出来たのである。

が、それは苦いわびしいものだった。追いかけられ、規制され、その枠内で辛うじて作りあげるゆとり。それを悦楽と信じ、のたうちまわるような生活のくり返しだった。彼ばかりではない。周囲の人々が、いや、この何十年か、サラリーなるものをもらって生きてゆく大多数の人々が送って来た生活が、いかに微細な範囲で動き、それを全世界と信じてきたことか。日常瑣末的《さまつてき》なものに追い廻され、いつか失ったあるものが存在すると信じていたシロタがどれほど馬鹿にされたことか。そのシロタでさえも、どれだけ日常生活的であったことか。

ただ、カーリの事だけが、気懸《きがか》りだった。カーリ・フルス。ひょっとすると彼にはその事以外に生活というものを持っていなかったのではなかろうか。

シロタは柔かな壁に囲まれた窓のない室の中で自堕落に転がって、考えるばかりだった。地球との隔絶感が、ああした方法でここへ移されたために、どうしても本物にならない事だけが、不安だった。一口に二千光年という。だが、それが一瞬間で移動出来たのだ。どうして距離感が出よう。

それに、シロタはあまりその事を考えたくはなかった。一旅行者として遙かな感傷に浸るには、情況はあまりに異常すぎる。

その事が却《かえ》ってよかったのだ。数日後、彼が何故、監禁されなければならないかを聞かされた時に、多分頭が変になった筈だから。

ともあれ、一応、あらゆる事象をゼロに還元しよう。すべてをお預けにしておいて、別の次元から行動したり思索したりしよう。シロタはそう考え、気持を静めようと努力し続けた。

味などはまるでない食物やら、不定形のベッドやらに、どうやら順応した頃、シロタは数名のエリダヌ人の訪問を受けた。その頃には彼も、エリダヌ人の個別的特徴がわかり、一人一人を判別することが出来るようになっていたが、来訪者の中にはシニュームも、ドリーム保険の社員もいないようだった。ひとつひとつ仕事が違えば人も違う。徹底した分業体制らしい。それに、彼らの中には総指揮者というものがいないのか、未だ目に触れないのか、とにかく階級の上下を見分けることは、シロタには出来なかった。

彼らは図面を展《ひろ》げ、シロタに見るように促《うなが》した。

薄い金属のようなものに描かれた、星系図のようなものだ。

「これは説明用に作ったものだ。地球語で書き込みがあるだろう」

エリダヌ人が言う。なるほど、図にはいろいろと細かい字が書かれていて、シロタにもよく読めた。

説明を求める表情で、シロタは彼らを見廻した。

「これ、どういうことです?」

厄介だなというふうに、エリダヌ人は首を振り、右端の一人が言いはじめた。

「前にも言ったとおり、銀河系には無数の生命体がいる」

「はあ」

「その多くは一つの恒星が率いる惑星上に発生したものだが、中にはそうでないものもあるし、第一、生命という定義がむずかしい。そこで銀河連邦では、一定の力以上の勢力を持つ種族を集めることにした」

「いつのことですか」

「知らない。その頃、われわれはまだ下等生物だったらしい。連邦結成以来ずっと加盟している種族などはないからね」

「どうしてですか」

「滅亡と興隆が、生命の原則だからさ。とにかく、現在、連邦の水準は、支配力一千光年を超えるか、強力な推せん種族を前提としている。もっとも実際にはうんと複雑だが、それを説明するには、エスピーヌンは未発達だからな」

「エスピーヌン？」

「そう。きみたちがホモ・サピエンスと自称する地球人類のことだ」

「……なるほど」

「現在のところ、連邦加盟は五十一種族。加盟待ちというか、検討中のもの四十種族。それ以下は問題外なんだ」

「みな、人間ですか？」

「とんでもない。われわれエリダヌ人や、きみたちエスピーヌンといった炭素―酸素系族は、数こそ多いが、銀河系内では低級生命体とされているんだ。ほかの生命形態にくらべて、周囲の環境に依存する度合いが高いから、という理由でね。はっきり言うと、その中でわれわれエリダヌ族は銀河系第十六位、きみたちが第八十四位で、それ以下はまだやっと惑星間航行の段階だ。高等生命とは呼べないよ。生存のためにいろんな条件が要りすぎるため、発展の速度が小さいらしいんだ」

「ははあ」

「ともかく、われわれはもう随分長い間銀河系内十何位かのままだ。これ以上、昇格しそうもない」

「もっと凄いのがいるんですかね」

「沢山ね。その中の最も凶暴な種族が今や、銀河系を全支配しようという本能に駆られているんだ。これを何とかして食い止めなくちゃならん」

「侵略?」

「そんな簡単なものじゃない。彼らは自分達が住むためには一惑星の環境を一瞬にして変えることも平気でするんだ。原住民は全部死に絶えるよ」

シロタはぞっとした。

「だから今、銀河連邦は崩壊しつつある。各種族は自分の系列を集めて、そのエイバアトという種族に対抗しようとしているんだ」

「と、すると、エリダヌ人は、銀河系で八十何番かの地球人と協同しようというんですか？」

「その通り」

「しかし、両者はまるで力が違うじゃないですか」

「そこだよ。きみたちは千年前には千位以下の未開種族だった。それが今では百位以内、明日には五十位以内かも知れないんだ。こんな異常速度で伸びる種族は他にそうあるもんじゃない。この速度には何か秘密がある。われわれはそう考えた」

「で、スパイを送ったんですか？」

「そうだ。伸びているといってもエスピーヌはまだ未開だ。銀河連邦の存在を知って唯我独尊観を破られ、ヒステリックになったため自滅した種族の例はあまりに多い。出来ることならわれわれは自力でそれを探り出したかったが、駄目だった。エスピーヌンをつれて来て、実際に調べてみなければならなかった」

「それが、ドリーム保険ですね？」

「いい方法だろう」

「呆れたもんだ。ひっかかった頓馬はぼくだけだったでしょうが」

「いや、だいぶいた。が、エスケープといっても、きわめて常識的なことを望む者がほとんどでね、ここへ連れて来ることができたのは稀だった」

「それも殆んどは気が変になった。そうでしょう？」

「そうだ。焦ったわれわれは基地への人数を増加した。時期は切迫して来ている。われわれには戦争技術はあっても、ほんの水準程度のもので、とてもエイバアト族と対抗出来ないのが判っているのに、連邦は二か月前に崩れ去ったし、われわれには何の方法もなかったのだ」

「なるほど。で、これからどうしますか」

「われわれの職務はこれで終りだ。あとはきみに、エリダヌ星へ行ってもらうだけだ。勿論その前に、エリダヌ星へ行っても生きられるように、催眠教育を施すがね」

「水や、空気はあるんでしょうね」

「判りきったことを言ってはいけない。エリダヌンもエスピーヌンも、発生の根元は同条件だった。環境の等しい所で発達したからこそ、こんなに身体恰好が酷似しているんじゃないか。われわれが生存出来る以上、エスピーヌンも生存出来るよ。第一、この星でも同じことじゃないか。ここには炭素―酸素系族の標本が四種族ぶんいるが、みんなちゃんと暮らしているからね」

「そうですか、四種族もね」

「もういい。脱線ばかりしてはいけない」

エリダヌ人は急に冷やかな口調に還り、シロタは沈黙した。

何もかも解ったつもりになったシロタは、それから唯々諾々とエリダヌ人の指示に従った。強制的に催眠状態に入れられて後続暗示をかけられても、うるさく検査されても一向に意に介さなかった。

それらの連絡というか、世話をするのはあのシニュームという名のエリダヌ人だった。接触する時間が多いので、シロタはいつかこの異種族に対して淡い親近感を抱くようになって来た。先方がどう考えているかは判らなかったが……。

催眠教育によってシロタはどうやらエリダヌ語を話すことが出来るようになり、多少得意だった。今までは会話の全部が全部、地球語でなされたからだ。恐らく地球人でエリダヌ語を習得したのはシロタが最初ではなかったろうか。

だが、そのお蔭で彼はひどいショックを受けねばならなかった。

地球語というものの性格が、エリダヌ人にはよく呑み込めなかったのかも知れないが、今までシロタが聞いた彼らの地球語は、一種奇妙な、人称もあやふやで性別などもなっていないものだった。ただ用件さえ伝わればいいといった風のものだった。

それがどうだ。エリダヌ語においてでも事情は変わらなかったが、微妙なニュアンスが判るにつれて、彼はエリダヌ人が地球人に対して持っている侮《あなど》りを感知することが出来るようになって来たのだ。

シロタに対してエリダヌ語で発言する時、それは一番はっきりしていた。シロタ達地球人が他の植民地の亜人間に対してものを言う場合と同様、おだてるような、冷やかすような、それでいて見下すような感じを、四六時中受けなければならなかった。

シニュームとて同様だ。シロタをあなどった響きはおおうべくもなかった。いっそ地球語で喋ってくれる方がまだ良かった。

この気持が、時間と共に彼の心の中に、地球人という自意識を育ててゆくのに強く作用したのは当然である。

自嘲の笑いでそれを甘受したシロタはただおとなしく待った。はっきり言って、彼が囚人に過ぎないことは、もう彼自身にも納得出来ていたからである。

エリダヌ人の科学力は、完全に地球人のそれを凌いでいる。日常見聞する現象のほとんど全部がそうだった。この上彼らはいったい何を地球人から吸い取りたいというのだろう。

時々、彼は室から出してもらって、石造の家が並ぶ村へ出掛けた。狂ってはいてもそこの住民は地球人類だったからだ。だがそのうちに彼は、村の住民に対して不思議にも同情心よりも、嫌悪感の方が強くなってくるのに気がついて、自分自身が厭になった。エリダヌ人にはどうしてもそれが解らないらしかったが……。

いよいよエリダヌ母星へ送られることになったシロタは、奇妙な乗物に押し込まれ、監視されたまま、塔から何時間も走った地点へやって来た。森を抜け、区分けされた他の低級人間の居住区を抜けて、ずいぶん遠くへつれて来られた。

そこには巨大な瞬送装置や、多くの円盤、数基の光子ロケットが並べられていて、明るい太陽どもの光を浴びていた。

「連絡はとっておいた。では、シニュームにつれられて行ってもらおう」

一人が言い、シロタは瞬送装置の方へ曳いて行かれようとした。

「待った」

言ったのはシニュームだ。護送して来たエリダヌ人たちは不審げな面持で、シニュームを見る。

シロタはやや興味をそそられて、彼らを眺めた。

「どうしてだ、シニューム」

「瞬送装置は駄目だ。このエスピーヌンは気が狂う」

「…………」

「これは何か、もとの星にいる一人のエスピーヌンに対して、残留意識を抱いている。私にはよく判るんだ」

「瞬送は出来ないかな」

「駄目だろう。宇宙船を使ったらどうだ」

「それでもいいが。一人で大丈夫か」

「発着航路の点検と、セットだけを頼む」

「よし」

話はついた。

シロタはシニュームに押されて、ぎらぎらと光を反射している円盤状の宇宙船の方へ歩いて行った。

「乗るんだ」

シニュームは言うと、下で見ていたエリダヌ人の方へ軽く手を振った。

エリダヌ人らは頷くと、再び乗物を駆ってもとの道へ去って行く。それがしだいに小さくなり、周囲の風物が白っぽい明るさに照り輝くのを、シロタは心の中におさめた。多分、もう二度と自分は此処へは来られないだろう。二つの太陽に照らされた、樹と人間たちの巨きな動物園。シロタにとってはエスケープの果てでもあり、不条理な行動への出発点でもあったこの世界。

《何だか、ここを去ったら、自分と地球との関連はなくなってしまうように思えるなあ》

シロタは呟いた。《さらば、漂着地》

「閉めるぞ」

シニュームが冷たく言い、シロタは窓から首を引っ込めると、機内の椅子のひとつに腰をおろし、目をつむった。

何の衝動も感じなかった。一分、二分。

《まだか》

目を開いたシロタは、自分に背を向けて坐っているシニュームと、彼の眼前のスクリーンに映ってゆく一つの弧を認めた。

その弧は地平線だった。

6　跳航

驚きは例によって諦めにかわり、シロタは全身の力を抜いて椅子によりかかっていた。最初乗り込んだ時には、相当大きく感じられたこの円盤だが、いま眺めてみると、小ぢんまりとした居住室だ。このほかにも倉庫とか栽培室とか、いろんな設備があるのかも知れないし、エンジン機構が大きな部分を占めているのかも知れなかった。

シロタは今までにも、機械とか装置類そのものに対して、反撥を感じたことはない。むしろ機械類が発達するのはいいことだと考えている。ただ、人間の方が機械にひきずられて類型化するのに耐えられなかっただけだ。世にいう懐古主義者のように、人間の精神文化を保存するために、機械の発達を止めるなど、停滞そのものに過ぎないではないか？　有機体は進歩していない時必ず退歩している。これはむしろ常識だった。

ともあれ、シニュームは暫く操作を続けていたが、彼の眼前のスクリーンが暗黒に移り、変化のないものになると、席を立って、シロタの前にやってきた。

目の前にいるエリダヌ人が、集団ではなくただ一人であり、それもシロタが比較的よく知っている人物であるということが、彼を気楽にさせた。徐々に、徐々に、馴れるにつれて彼の頭脳はもとの思考を取り戻していたらしい。

「一万八千光年を翔け抜けるんだろう?」

と、シロタが口を切る。

「そう。きみらの概念とは違うが、まあ距離としてはその通りだ」

かすかに笑いを浮かべると、シニュームは答えた。

「どういうことなんだ」

「簡単なことだ。宇宙航行の最初の段階は光や電波と平行線を描いて飛ぶ。空間の歪みそのものについて、考えなければならないほど遠い距離ではないからだ」

「空間の歪み? 理論としては聞いたことがあるが……」

「ほう」

シニュームは少し驚いたようだった。

「きみは今まで、そうした類いの事柄については知らないのかと思っていた」

今度はシロタが笑う番だった。「知らない訳じゃない。触れたくなかったんだ」

「触れずに済むことがあるんだね?」

「それは個人の自由だろう。エリダヌ世界はそれほど画一的なのか?」

「画一的——か。そうだね」

不機嫌にシニュームは言い、それから壁にちらりと眼をむけた。「時間だ」

「時間？」

「ああ、排卵時だ。ちょっと失礼する」

「操縦は？」

「操縦とは監視であって、絶えざる作業ではない。

「自動的に飛ぶのを宇宙船と、われわれは呼んでいる。では」

シニュームは立ちあがると、壁の方へ歩いて行った。壁が後退し、彼はその中へ吸い込まれた。

《排卵時？》とシロタはぼんやり思った。《船内に動物でも飼っているのだろうか》

ものの十分も経った頃、シニュームは出て来た。

「少し暇がかかった。ああ、間もなく跳航に入る。準備しなければ」

そう言いながら、シニュームは手早く船内のものを片付けはじめた。椅子や棚には符号がついていて、所定の場所へ嵌め込まれるようになっているのだ。シロタも立つと、彼を助けた。

動きまわりながら、シロタは前方スクリーンを見た。そこの星々はうすい紫色を帯びてやや歪んでいる。光の速度に近づいているしるしだ。

この航行が単なる亜光速飛行でないらしいことをシロタは思い出した。光速に接近すればするほど、物体の質量は無限大に近づき、進行方向へ圧縮される。そのため、光速と等しい速度は理論的に不可能——そう聞いたことがある。だから必然的に普通の航法ではこの莫大な距離を飛びきることは不可能だ。

めまぐるしく走りまわって仕事を終ると、シニュームは合図をして、彼を坐らせ、自分もその横に坐った。

「これから、機は跳航に入る。なるべく動かないようにしていてほしい。また、口を利いても無駄だから、じっとしていてくれ」

「どのぐらい、その妙な姿勢でいればいい？」

「さあ」

シニュームはまた、壁に眼をむけた。「きみらのいう、約四時間だね」

シロタはうなずき、それからさっきのシニュームの言動を思い出した。

「排卵時って何の事だ？」

シニュームはひどくびっくりしたようだった。

「知らないのか」

「いや、何の事かは知っている。が、それは誰の事だ」

「自分だ。決まっている」

「ええ？」

「いいか。われわれエリダヌ人は二つの性を持っている。第一性と第二性だ。第一性の精子は第二性の卵子と結合され、育成器の中で育てられて、完成体になり、成長して一人前のエリダヌ人になる。こんなことは常識じゃないか」

シニュームは腹立たしげに説明し、スクリーンを見た。

「もうすぐだ。用意はいいのか」

「ちょっと待ってくれ。じゃ、きみは第二性つまり、女なのか？」

「その通り。別に大したことじゃない。もう黙ってくれ、跳航だ」

シニュームが言った次の瞬間、スクリーンが渦巻いて、あかるくなった。シロタは身体が押し付けられたように感じたが、錯覚だったのかも知れない。機内は異様に不明瞭になり、幾重にも見えたが、数秒のうちにそれがひとつに還元し、もとの室内になった。が、機材それぞれは、奇妙に静止した感じで、何ひとつ動こうとはしなかった。それは現象的にそうではなく、心理的に完全な現存なのだった。

シロタはこの訳を、シニュームに聞こうとしたが、どうしたことか声にならず、止《や》めるほかはなかった。

あかるいスクリーンにはいっぱい大きな紋のようなものが、ブラウン運動のように跳ねていたが、それがしだいに小さくなると、混濁した乳白色のコロイドとなってひしめきあいながら、ゆっくりと流れはじめた。

きらりと細い金色の線がスクリーンを走り去り、またもとの無定形の運動にかえる。ときどき突然、数万もの圧縮された色彩が輝いたりするのだ。

シロタは椅子に坐ったまま、この現象を眺めていた。

これがさっき聞いた、『歪んだ空間を飛ぶ跳航』なのだろうか。

やがて、彼はそのことについて考えるのをやめた。どうせ後でシニュームに聞けばわかることだ。

それよりも、シロタの考えはいつかシニュームらエリダヌ人のことに傾くのだった。放心に似た視線を保ったまま、シロタはこの呆れ返った事柄を考えてみようとした。

今まで会ったエリダヌ人の中に、女性らしいものが一人もなかったことにシロタは気がついていた。そう言えば彼らがとりたてて男性的だったということもない。異常な情況に動顛《どうてん》していたシロタ自身が気がつかなかったのが悪かったといえばそれまでだが、彼らのよそよそしさは、つまるところ、その中性的タイプから来ているのではなかったか。

第一性と第二性か。つまりは地球人と同じことなのだ。むしろシロタは彼らもまた地球人と同じような性の対比を持っていることと本能的に信じていたに過ぎない。

排卵時に、どうして卵子を採取するのか知らないが、結局は人工出生だ。それに彼らの間に性を意識させるような服装上の区別がなかったのは、彼らの間にその必要がないということになる。

じゃ、第一次性徴、第二次性徴なんてことはいったいどうなるのだ。

シロタは胸が悪くなった。わざと性を無視しようとしている。彼らの間には恋愛や結婚はないのか。何という馬鹿馬鹿しい、白々しい、高級な存在なのだ、エリダヌ人というものは。
排卵時だ。シニュームはそう言って、羞恥の色を浮かべるでもなく、壁の中へ入って行ったっけ。
これはシロタが今までに知ったエリダヌ人のことの中での最大のショックだった。女性だったなんて!

と、今まで忘れていた地球上での女たちのことが心の中へ浮きあがってきた。なかんずくカーリのことが。

カーリの髪はブルネット。長い。色が白くって、少しきゃしゃだし、ヒステリックなところもある。が、彼女はたしかに女だった。そのこまかい仕草のどれもこれもが、はっきりと女性のものだった。

《ああ、自分はとんだ世界へ跳び込んだものだ。みじめなのは自分じゃなく、ひょっとすると、エリダヌ人かも知れないじゃないか。今の今まで、優越した恐るべき存在としか思えなかったエリダヌ人に、こんな一面があったとは全く考えもしなかった。彼らは科学的だし、きわめて合理的だ。だが、その内実がこうした性のあり方に拠っているとは、全く皮肉な話だ》

そのうちに、シロタの気分はだんだんと沈んで来た。地球人がいまやろうとしている発展の仕方は、正にエリダヌ人のそれではなかったのか。発展する世界、科学的合理性、感傷無用、認可のいる同居、決定的結婚、そうした傾向を押し進めていけば、エリダヌ人の今やっている世界と似たものに行きつくのではないだろうか。

その時、シロタは不意に思いだしたのだ。人間がまだ恒星間航行さえ出来なかった頃にいわれていた学説があったことを……。それは人間の手がひろがるにつれていつか忘れられ記憶の断片となり、やがて忘却の中に埋没した、ひとつの学説だった。

『もし地球と同じような環境に生物が発生したならば、それは進化の結果、必ず人間と同じものとなるであろう。眼は大気を透る電磁波のうち、可視光線分だけを見るであろうし、距離の測定のためには二つ必要だ。身体の安定のため、移動肢《いどうし》は四つになる。そのうち前肢が手と変わり、内臓の状態もコアセルベートからアメーバ、アメーバから腔腸《こうちょう》動物という必然の過程をたどって、今の人間と同じものになる。

要するに人間こそは現在の環境の中では当然こうなるべき姿なのであって、他の恰好をとるとは考えられないほど、高能率で、自然に順応しているのである』

大略こんなものだったように、シロタは記憶していた。人類の絶対性を証明するためにこの説が逆用されて、断片的にでも生き残っていなかったら、多分シロタはこんな考え方のあることにも気づかなかったろう。それほど古い思想なのだった。恒星間旅行が可能になって、人間と似た生命体が発見されたものの、それは本当の人間ではなかった。そうしたことが度重なることによって、この説が滅んで行ったのも事実である。

ところが、あきらかに今やこの説は復活せざるを得なくなったのだ。エリダヌ人と地球人は単に外形が似ているだけではなく、機能的にも同じなのだった。これだけ離れた世界にあって、お互いにかつて植民したというようなことは考えられないから、これは明らかに発生は別であるにもかかわらず、相似の状態にある二つの生命体なのだった。いや、相似どころではない。合同とさえ呼べるぐらい、この二つの種族は似ていたのである。

シロタは急に気落ちして、無性に幻夢機が欲しくなった。何なら麻薬でもいい。現実無視が出来るものだったら。とは言え、もし手近にそうしたものがあったところで、事態はあまりに異常なので彼がそれに浸りきることはあり得ないことは、自分でもよく判っていた。

スクリーンでは相変わらず不定形の湧きあがり、崩れては跳ねるコロイド状の原色と乳白色の出鱈目な踊りが続けられている……。

いつの間にか眠っていたらしい。

疲れためざめだった。

シロタはゆっくりと首を旋《めぐ》らし、息を押し出しながら思考を整えようとした。低い呟きに似た声が、喉から洩れた。

スクリーンにはもう、明るい混乱の舞踊はなく、静かな星々が並んでいるばかりだ。跳航は終ったらしい。先ほどまでの憑かれた想いさえも、もう存在しなかった。

何となく現実世界へ戻ってゆきながら、悪夢の残滓《ざんし》がいつまでもたゆたっているようなあの気分を、彼はしばらく感じ続けていた。いつの間にかそれは、苦い現実となり、胸中に定着する。

シニュームが大股に室を横切って、席につき、再び操縦を始めていた。

スクリーンはひとつの緑色の星を捉え、それが大きくなるのにまかせている。

「エリダヌだ」

シニュームは振りむいてそう言い、シロタが既にスクリーンに目を奪われているのを知ると、席を立って彼の傍へやって来た。

「母星なんだ、きみたちのエスピーヌも同じような色恰好をしているだろう。炭素―酸素系族にとっては、あの色は常に故郷を示す色なんだよ」

シロタはシニュームの、その言葉に頷いた。

彼らエリダヌ人がみずから意識してなのかどうか知らないが、緑色系のものを多く用いるいわれが、ここではっきりと判ったような気がしたからである。

「さぞ、文明の発達した星だろうねえ」

探りを入れるように聞こえるかな。シロタはそう思いながら、問いかけた。

「文明？　さあ。われわれにしてみれば精一杯のものだが。文明というものは、多種多様だからね」

シニュームは卑下か皮肉かわからないような答え方をし、突然シロタをみつめた。

「エスピーヌンは、性というものを、重視しているらしいな」

聞こうとしていたことに、不意に触れられたシロタは、硬ばった顔でエリダヌ人を見返して、呟いた。

「ああ。人間の芸術の大半が、そこから出発しているといっても、差支《さしつか》えないだろう。もっとも、潜在意識からの発想をも含めての話だけれども……」

「芸術……」

と、シニュームは、ぼんやりと言った。「芸術というのは、エリダヌでも一部の人々が言っているし、エスピーヌンのことを学ぶ時に聞いたことがある。しかし、どういうことだかははっきりと解らない。何だか、とても非合理的なもののように思える」

「なるほど」

「エリダヌへ着いてから、暇な時にでも話してくれ。ひょっとすると、こうした不合理な事柄が、エスピーヌンの発展の原動力なのかも知れない」

シニュームの言葉に、はじめて譲歩したような響を感じたシロタは、軽い微笑を抑えることが出来なかった。

「性というものを、さっき、きみは、それほど大したものじゃないと言ったね。あれはどういうことなんだ」

この問いに、今度はシニュームは格別腹立たしげな顔もしなかった。

「そう」

ちょっと考え込むように、

「性というものは、人間の特質をある程度決定するように思われる。ひとつひとつの部門ごとに、選定される者の性比は、部門によってひどく違うことがある。それは、第二性の方が、種族への義務が多い」

「義務？」

「さっきのような、排卵時に、卵子を採取する装置は、第一性に比べて、ひどく嵩張《かさば》るからね。それと、仕事の上に邪魔になるような体徴を持っているんだ」

シロタはまじまじとシニュームをみつめた。少なくとも今は、シニュームに対して、一種同情に似たものを覚えていた。

だが、シニュームはそれを、シロタの疑念と感じとったらしい。黙って胸のボタンに手をやると、すっと服を外したのだ。

そこには乳房があった。豊満とは決して言えないにしても、まるく整った、可愛いふくらみがあった。

「もういいよ」

慌ててシロタは叫び、ちょっと小首を傾けたシニュームは、また服のボタンを留めた。

「そうすると……」

シロタは火照る頰を感じながら、弱々しく呟いた。

「きみたちには性の間のまじわりといったものはないのか」

ごく自然にシニュームは答えた。「必要ない。それに、道徳に背くことだ。無論、われわれには生殖器官は残ることは残っている。何なら見せてもいいが……」

「いらない」シロタは劇《はげ》しく手を振って断わった。妙な欲望と、嘔気《はきけ》が同時につきあげてきたからだ。

「そうかね」シニュームは平然と言った。

「しかし」

吃《ども》りながら、シロタは重ねて聞いた。「本能というものは、そう簡単には消えないだろう。ときには、そうした事件が起こるんじゃないのか」

「たまにはね。先祖がえりと呼ばれるし、第一、ひどい苦痛があると教えられている。法で禁じているのも、そのためだ」

「呆れたもんだ。増殖ということに、エリダヌ人は関心がないのだろうか」

「あるからこそ、そういった原始的な方法を棄てることに成功したのだ。一人ごとに登録された特性を勘案して、育成器の中で配合されるんだ。本能的結びつきなど、考えただけでも、ぞっとするね」

シロタには、最早《もはや》、何も言えなかった。目の前にいるのは、ロボットではなく女性であるが、しかもその女性はロボットと同じような存在なのだった。

しかも、シロタ自身、このエリダヌ人が性を持っていることを知った時から、心の中にどすぐろい妙な昂奮と、今まで抑えて来た性の欲望が実に歪められた形で、体内を動きはじめたのを感じていた。彼は自己嫌悪に近い感情で、それを斥《しりぞ》けようとしたが、それが昇華されきらぬことには、いつまでたっても残るであろうこと、下手をすれば爆発するであろうことを、本能的に知っていた。

「あ」

と、シニュームは思い出したように言った。

「さきほどの跳航だが」

シロタはうなずいた。仕方がなかった。彼の今の気持では、これ以上性の問題に触れるのはたまらなかったし、一方、跳航とはいったい何かを知る欲望も大きかったからである。

「跳航とは、歪められた空間を、歪曲面《わいきょくめん》を通らずに、最短距離を突き抜けることだ。その間、宇宙船にとっては、周囲の空間や星々は虚像であり、空間にとっては宇宙船は幻影なのだ。空間の歪曲は重力場が最大の要素になるために、宇宙船には普通の重力場推進機関と別に跳航機関が必要になる」

「重力場推進？」

「ロケットの次に開発されたもので、ロケット自身が自由に重力を調節して、飛翔することだよ。天体に近い距離では非常に有効な推進方法だ。これを使えば搭乗員は常に自然落下状態にあるので、Gに耐える訓練は不必要ということになる」

シロタは肯く。さっき、何の衝撃もなく離陸したのはそのためだったのか。

「ところで、瞬送について、どういうことか教えてくれないか」

シニュームはちらりと皮肉な笑いを浮かべた。

「知りたいのか」

「ああ」

「じゃ、言おう。瞬送というのは、ある一点から、ある一点へ、全く時間を掛けずに移動する方法だ」

「どうして、そんなことが可能なんだろう」

「その原理については、われわれも未だはっきりしたものを持ってはいない。ただ、人間の意志の力というものは非常に大きなものであり、増幅された思念力は往々エンジンや動力を凌ぐことがあるということが判っている。いわば、精神作用による空間内瞬間置換の連続だ。それを用いただけだ」

「念力だって？ 冗談じゃない」

「勿論、ただそれだけじゃ駄目だ。瞬間的に増幅され、コースが作られ、しかもその間の空間の状態がいい時でないと、出来ないことなのだ。一種のタイム・マシンではないかという説もある」

「タイム・マシン？ 時間航行か。まさか」

「いや、そうなんだ。空間の歪みと重力の関連が説明された時、時間というものはひとつの流れであり、時間エネルギーを生んでいるということが仮説として提唱された。時間エネルギーを空間エネルギーに置換することによって、急速な移動が可能になるという説もあるんだ。その結果、時間が流れ続けるには人間は移動せざるを得ず、その間、時間は停止するのではないかというんだが……。その辺のことはよく判らない」

「判らなくって、よく使えるね」

シロタの問いに、シニュームは少しむっとしたようだった。

「エスピーヌンだって、自分の使っている技術を、誰もかれも原理がわかっていてやっている訳ではあるまい？　早い話、エア・カーを運転している人間全部が、その原理を知っている訳じゃないだろう。始動ボタンを押すと動く、それだけだし、それで充分なんだ。文明というものは、そうした専門化した分業の上にはじめて築かれるものじゃないのか。誰もかれもが同質の知識しか持っていなかったら、進歩は遅々たるものじゃないか」

シロタには一言もなかった。

スクリーンに刻々ひろがってゆくエリダヌ星は、もう星という感じではなかった。水平線は弧を帯び、その上には茫と反射光を放つ大気がかかっている。

シニュームは背を曲げ、素早く指を動かしながら操縦を続けている。そこにはさっきまでのあいまいな様子はない。ひたむきに宇宙船の操縦に力をつくしているエリダヌ人の姿があった。

やがて雲のきれ目に海が見えて来た。美しい色だ。

雲の中に入り、次に大洋を眼下にした時、シロタは思わず歎声《たんせい》をあげた。この海の色は、地球でなら、南洋諸島に行ってはじめて見られるような色だったのだ。

「いい星だ」

虚心に、シロタは呟いた。これがエリダヌ人の発祥の地か。生命のうまれ出る所、世界というものはつねに憧れをそそるような魅力を持っているのではないだろうか。

ぐんぐんと近づく異郷の大洋は、地球人の支配圏の中で、緑に輝く地球以外には存在しない、ゆたかなものだった。

島が見えた。いくつも。海に囲まれた美しい小さな島々。

大陸はどこにもなかった。この星の陸地はすべて島なのだ。

「この宇宙船は、生命体研究島に着く」

とシニュームが言った。

「島に、それぞれの役割があるのだ」

シロタは放心した瞳を、迫りくる島に投げていた。

島の半ばは白、半ばは緑だった。きっと樹々に囲まれた中に、巨きな都市があるのに違いない。

「島か」

「そう、島だ」

「どうして、ここを統括星にして、他の惑星それぞれに機能を持たせない？」

「………」

シニュームは不審そうな視線をシロタに投げた。

「そんなことは考えたこともない。それに、惑星なんて、数が知れている」

「そうかな」

「そうとも。われわれ炭素―酸素系族がそのまま住める星は、惑星の中でも、ごく数が少ないんだ」

「ま、いいさ」

シロタは言った。

「この驚くべきエリダヌ文明を、納得の行くまで見せてもらうよ。覚悟を決めるほかはないんだろう？」

「さあ」

「ここでも、ぼくはいじめ抜かれるのか」

「いや、そんな意味じゃない。ただ、おそらく、そんな悠長なことをしている時間は、もうわれわれには残されてはいるまいよ」

「だが、この航行は四時間ほどしかかかっていないんだろう？」

「われわれにとってはそうだがね、実際にはあの植民地でも、このエリダヌ星でも、一か月はたっているんだ」

「どうして」

「もう止してくれ。相対性原理について、もう少し考えてくれないか。われわれは跳航の時以外には、普通の亜光速飛行をしていたんだから」

シロタは沈黙した。どっちみち、もうすぐに地面に降り立つのだろう。とやかく言っても始まるものではない。

ふっと、彼は、この間の距離が、想像もつかぬほど大きなものだったことを想った。一万八千光年！

恐らくシロタこそが、地球人類発生以来、もっとも長い距離を飛んだ人間なのだろう。そのことが僥倖《ぎょうこう》なのか、ひどい不幸なのか、彼にはまだ何一つ判りはしなかった。

静かに、静かに、宇宙船は島のひとつに降りてゆく。まるで木の葉が落ちるように横滑りを繰り返しながら。

広い白い着陸場では十数名のエリダヌ人がしきりに手を振っている。海は透き通るようだし、それに、空はわずかに、白い雲片を抱いて、抜けるばかりに青かった。

エリダヌ星の世界なのだった。

7 エリダヌン

どれほど多くの手間と時間が、地球人シロタ・レイヨの周囲に渦巻いて駆け抜けて行ったことだろう。種族分析やら学習、見学などであっという間に二十日あまりが過ぎ去ってしまった。シロタは此処ではエスピーヌン1号と呼ばれた。エリダヌ文化の本拠で存在するためには、ひとつの標本ないし公式として生きる他はない。それに、シロタ自身が今まであまりにエリダヌ人と自分との相違に気をとられていた反動で、この世界は彼にある親近感と安堵を与えた。馴れるにつれて、彼はふり廻され、教え込まれる存在から、能動的ポーズに移らざるを得なくなった。エリダヌ人がそれを求めたからといえばそれまでだが、彼自身の心中に、ひとつの決意に似たものが湧いてきたのも事実である。彼はエスピーヌンであり、エスピーヌンの独自性を、異種族に納得させねばならなかったのだ。

エリダヌ星。

そこでは一日約二十五時間である。公転面傾斜は九度。従って季節の移り変わりは地球よりずっとすくない。

銀河系辺縁の恒星であるエリダヌの太陽は地球のそれと同じように、第I族に属し、スペクトルは、いわゆるG型を示す。

もしも、このエリダヌ星が、大陸を持っていたのなら、彼らはもっと地球的だったかも知れない。ここには大陸がなかったのだ。正確に言えば、海進が終ってから進化したエリダヌ人にとっては内陸性気候は理論上の存在でしかなかった。

エリダヌ人もまた、蛋白質から進化し、海から陸へ移って、高等生命体になったのだが、この間の微妙な違いが、地球人との差異の分岐点になったらしい。

多くの島に分かれて住んだ古代エリダヌ人たちは、やがて島内に独立統治体を作りあげて対立しあった。この時代はあまり長くなかった。というのは、狭い範囲に分布する民族はじきに近親結婚の弊を見せはじめ、島々の交婚が生存競争に必須であることを知った。

雑種強勢である。

間もなく、近い島々はそれぞれの文化圏を作りあげた。が、それもやがては全世界交流の前ぶれに過ぎなかった。

島というものが自然の脅威の前に脆《もろ》いものであることを知っていた彼らの間には、当然ながら権力体の尊重の風潮が生まれて来た。この点、治水の必要から専制君主を生んだ地球の古代オリエントと事情は似ている。しかしエリダヌの場合あくまでそれぞれが島であり、中央集権のおこる余地はなく、島の各々がひとつの機能を持ち、その上に汎《はん》エリダヌ思想が君臨するという形をとったのである。

汎エリダヌ思想は、個人の権利に優先した。ついには、数グループに分かれた世界はその見地から、交婚のために幼児を交換し、そのためには権力体による親子の関係の断絶が図られた。生まれた子供はすぐに国家の手で保育されるのだ。

こうして統一されたエリダヌ人は宇宙空間へ目をむけることになった。

この頃になって、銀河連邦の手が、彼らの前に伸びて来たという訳である。特質による分業体制と、連邦思想が結びつくと、それはそのまま植民方法に現れて来た。

エリダヌ人は既存の環境に決して根本的修正を加えない。また、既にある程度の文化を持つ星を力で征服したりはしない。

もしも、自分たちよりも弱い生命体をふみにじり、征服すれば、自分より更に強い種族に、こちらが襲われても仕方がないという連邦の伝統的倫理。

それに、各種族はそれぞれ天賦《てんぷ》の機能を持つというエリダヌ的考え方。

この制約の中で、なおかつエリダヌ人が伸びるためには、積極的進出以外にはなかった。その障害となるようなものは、もしエリダヌ人のみの改造で済むことならどんな小さなものでも見逃さなかった。

ここで、どうやら性が喪《うしな》われたらしい。性の結びつきこそが最も個人的なものであったからではなかろうか。それに、最初は猛烈な反対があったとしても、エリダヌ全体主義と長い時間が、いつの間にかそれを押し潰して行ったのだろう。

その上、酸素を吸い、蛋白質から成り、身体中に血液という海のなごりを背負う、いわゆる酸素―炭素系種族で、エリダヌ人が見本としたり、参考としたり出来る生命体がまだなかった以上、この方法を非難する者もなかったのだ。彼らはこの系のパイオニアだったから、完全な自決権を持っていただけの話である。

いま、エスピーヌン1号を迎えたエリダヌ人の中には、あるいはこのことを考え直してみようとした者がいたかも知れない。だが表面的にはそんな様子はなかった。シロタ・レイヨは学びとった事柄をつなぎ合わせてそう考えただけである。此処には本当の意味の歴史学はないといってよかったのだ。

朝食までの僅かな時間を、シロタは外に出てみることにした。

空はよく晴れていて、海岸ぞいの樹々は濃い緑色の密集を見せている。多くの島がみな、もとはリアス式海岸だとか聞かされているが、景色はみごとなものだ。

その間を縫って走る真白な道路を見ながら、シロタは話に聞いた古代エリダヌ人の生活を想いうかべた。鉱物資源が決してゆたかだったとはいえないエリダヌ人にとって、海から資源を引き出すまでは生活とは、戦いそのものを意味したらしい。

現に、あの道路だって塩化ナトリウムなのだ。セメントの話をしたシロタが笑われたのも、無理はない。

彼らが植物を大切にすることは、想像以上だった。昔、大陸というものが存在した時代に植物の大繁栄時代がなかったら、大気は今でも炭酸ガスで殆んど占められていて、エリダヌ人も生きていなかったろうという理由かららしい。

が、もうそんなことはどうでもいい。今のエリダヌ人は立派に海から豊富な資源をとり出しているし、シロタはそうしたことに関係なく養ってもらえるのだ。彼らの文明というものへの信頼感が、地球人とは比較にならないくらい強いのも当然だった。

そんなことよりも、シロタとしてはもっと考えなければならないことがあった。

シニュームとの奇妙な関係である。

シニュームはここへ来てからも、シロタの世話に当っていた。

最初のうち、シロタとシニュームの関係は従来どおり飼育者と動物とのそれに近かった。しかし、暫くしてシロタのエリダヌ人の中での行動がよく解明出来ぬところから、シニュームはある種の命令を受けたらしい。

ある夕方、シニュームは大きな機械を持ち込んできた。これでエスピーヌンの性機能を調べるというのだ。

「冗談もいい加減にしてくれないか、勿論ぼくは実験動物だろう、しかし、その中に僅かに残されたプライドというものを、もう少し考えてみてくれてもいいではないか」

「プライド?」とシニュームは冷静に言った。

「勿論、プライドということの意味はよく判っているが、それは種族の要請の前には消えてゆくものです」

「要請？」とシロタ。

硬化したシロタを眺めながら、シニュームは当惑げに訊ねた。

「われわれの考えでは、エリダヌ人とエスピーヌンとの違いの根源のひとつに、性の問題があると思うのです。それが明らかにならないと、問題は解決されたとはいえないでしょう。違いますか？」

「お断わりする。今後の協力も、もうおしまいだ。それだけは承知出来ない」

「そうですか」

エリダヌ人はあっさりと要求を引っ込めると、言った。「次の機会を待ちましょう」

「ちょっと待ってくれ」

出て行こうとするシニュームに、シロタは好奇心から訊いた。

「いったい、実験の対象がどこにあるのだ。この種の実験は、男性——つまり第一性だが——だけでは出来ないことぐらい知っているだろうに」

「相手？　私ですよ」

顔色ひとつ変えずにシニュームは言った。

そして、それが始まりだったのだ。と、いうのも、シロタの部屋を出ようとしたシニュームは、こう言い残したからである。

「もし、あなたが、エリダヌン（エリダヌ人のことを、彼らはこう言う）だとしたら、とうに消されているでしょう。種族の方向に反するものは、いつでも消されます。そうした兆候が見えれば、追放か死刑が待っているんです。あなたが役に立つかどうかは、まだ決まっていないんですからね」

最初はいやいやだった。無論、今だって自分自身が本気になっている訳ではない。シロタはそう考えて自分を慰めるほかなかった。

命令に近いエリダヌ人の希望を一蹴した翌日、シニュームは再びシロタの翻意を促しにやってきた。

自己嫌悪をかみしめながら、測定機に連結されたシロタは、シニュームがデータをいちいち読みあげて記録するのをみつめていた。

「性徴、変わらず、器官、形状、変わらず、ホルモン分泌腺《ぶんぴつせん》、原始状態……。ほう、あまりエリダヌ人と変わりませんね」

こっけいな話だ、とシロタは思った。男性の生殖器や、体表の至る所にとりつけられた測定機の接手を通じて、至極まじめに比較考察を試みる女性が存在しようとは、考えたこともなかった。

しばらくすると、シニュームは記入を終り、それからこう命令した。

「性交可能状態をとって下さい」

シロタは失笑した。それが苦笑になり、やがて悲哀に変わるのを、嘔吐感の中で体験しなければならなかった。

「性交可能状態？　今、なれ、ですって？」

「そうです。今すぐに」

ふとこの時、シロタの心中に魔がさしたというのか、悪戯気《いたずらぎ》が湧いたのを責めることは出来ないだろう。それに、彼はもう長い間性に飢えた状態にあった。

「よろしいとも」

と、シロタは言った。「あなたを対象にしましょう」

「出来ますか」

「ええ、情欲を感じましたらね」

エリダヌ人はうなずいた。

「性交というのは、男女両性の愛の最大の交歓形式なのです」

「よく判りません。それよりも、種族保存の本能によるものでしょう」

「はじめはその通りです。しかし……」

「ともかく、その実際を示して下さい」

シロタは自己嫌悪におちいりながら言った。

「あなたも着ているものを取って下さい」

シニュームは何の羞恥心もなく裸体になる。それは立派な女の姿だった。シロタは自分の身体を見てから男性生殖器のぼっ起現象について説明した。

「これを、挿入するのですか」

シニュームはシロタの生殖器を計り、首を振った。

「口径が合わないようですね」

「大丈夫でしょう。それよりも、エリダヌ人の方は……」

「十五歳までに、卵子採取が可能なように手を加えられます」

シロタは抑圧していた性欲がこの時燃えあがるのを覚えた。「そこに横になって下さい」

シニュームは素直だった。あまりに淡泊すぎた。

しかし、やぶれかぶれのシロタの期待に反して性交は不可能だった。エリダヌ人自身の倫理が膣けいれんを招いたからである。

「駄目ですね」

シニュームは言うと、目をつむり、しきりに何かを呟く。「意識下の抑圧を除かねばなりません」

やがて抱きあった二人は、本来の性行為に移った。

「これでいいのでしょうか。別に何ということもないようです」

シロタがわびしい昂奮に達した時、シニュームはゆっくりと言った。

それはシロタ一人だけの自慰にすぎなかった。シニュームはみずからが行為の当事者でありながら、記録と計測に全神経を使うばかりだった。

独演のあと自嘲の笑いとともに、シロタは立ち上った。

確かにそれはエリダヌ人にとって、はじめのうちは実験だったろう。彼らには地球人にとって性行為がどんな意義を持つかということが判らなかったのだ。食事や呼吸と同じ行為としか思えなかったのだろう。

冷静に、シロタの体の変化を記録しようとしたシニュームは、やがて、自分自身が加わらなくては、実験が成立しないことに気がついて、積極的に協力しようと努めた。

何度もシニュームの裸体を見たシロタは、やがて地球人としての劣等感が霧消してゆくのを感じた。エリダヌ人だって普通の女と同じではないか。これを抑制しなければならなかったエリダヌ文明とは、いったい何だったのだろう。

だが、彼は事態がますます喜劇的になったことを嫌でも悟らざるを得なかった。『実験』がたび重なるにつれて、二人の間には性交と同じ行為があっても、それは全く別のものであるとはっきりと知ったからである。エリダヌ人は全く反応を示さなかったからだ。

『実験行為』の最中に、シニュームは言うのだった。

「これがエスピーヌンの、種族に対する義務だからこそ、これほど多くの時間を犠牲にするのでしょうね」

「駄目だ。きみには何も判ってはいない」

シロタはにがにがしげに答えるのが常だった。

このエリダヌ人に、身体で感じさせねばならないのだ。でないと、いつまでもこの馬鹿げた実験は続くだろう。シロタにとってはむしろ自慰行為の方がましなくらいだった。自分の生殖器の形状の変化やホルモン分泌状態、四肢の緊張状態を示すメーターに囲まれ、機械のように接近してくるエリダヌ人を受けとめる。それでもとにかく彼が続けることが出来たのは、長い間の禁欲のたまものに過ぎなかった。

シロタはシニュームの性感を復活させるために努力し始めた……。

いったい、自分とシニュームの仲は何だろうと、シロタは思う。こうした実験が彼の精神をしだいに歪めてゆくのはたしかだ。

ともかく、シロタは実験のためにももっと栄養をとらねばならず、その点ではここの生活は立派なものだった。エリダヌ人は食事というものを、快楽から外していた。つまり、朝食だけが味を本位とした娯楽であって、正規のあとの三食は、これすべて栄養学的な、味もそっけもないものだったからである。

その朝食まで、とりはぐれてはたまらない。シロタは足許の砂をざくざくと鳴らしながら坂を昇ってゆく。

昇ってゆきながら、彼はふとひとつの考えを抱いた。どうせシニュームは今夜もあの実験をやろうとするだろう。彼女自身何の感情も抱かずに……。もし、シニュームに、理性とは別の衝動があることを悟らせれば、それだけでひとつの勝利、ひとつの教訓になりはしないだろうか。

首をひとつ振ると、彼は坂の上に立った。


朝食の時、シロタは素直にシニュームの指示に従った。彼の本来の役目の方が大切だからである。

今日は、この島での最後の日課だという。銀河系諸種族についての説明を聞きに北端の地区へ行ったあと、別の島へ行くことになっているそうだ。

「わかりました。いいです」

とシロタは言った。

「その場所へ、案内するのは、あと三十分してからです」

「北端というと、巨きな青い建物のある所でしょう?」

「知っていますか」

「昨日、自由時間の散歩で、見ました。一人で行けますよ」

「いいえ。自分も行くことになっています」

シロタは黙った。依然として自分は命令される立場にあることを知っただけの話である。

たいていの建物がそうであるように、その建物もまた、円錐《えんすい》に似た恰好で、半透明の外壁に囲まれていた。

誘導装置に乗って、二人は建物の中へ入って行き、そこで大きなはきものをつけた。このはきものは、シロタにはよく判らないが一種の磁気制御機らしい。というのは、エリダヌ人の高層の建物には階というものがなかったからだ。前の植民地で見た塔は、あれでも彼らが地球人に奇異観を持たせないように『エスピーヌ風』に建てたもので、本来はこうした建物の方が便利だというのだった。

はきものをつけて仰ぐと、例によって多くのエリダヌ人や機械類が宙に浮いているのが見える。その中央部を昇るらせん状のエスカレーターに乗り込むと、彼らは建物の上の方へぐんぐんと運ばれて行った。エスカレーターを出ると、自分のはきもののコントロールによって、足が触れる平面が、そのまま床になる。ただ、この作用は建物内にいる人にだけ判るために、空間のあちこちに物が浮いているように見えるだけの話だった。

こうしたいろんな道具は、シロタには理解できない事柄だったが、要は、いかにうまく使いこなすかだ。エリダヌ人たちはシロタにこれらの原理まで熟知することを要求しなかった。シロタ自身にしてみれば、はなはだ不満だったけれども。

「ここです」

シニュームがひょいとエスカレーターを降りる。まだ完全に馴れきっていないシロタの方は、急いで降りてはみたものの、シニュームよりは一メートルも高い所に立ってしまった。シニュームはシロタのはきものに手を触れて、調節し、彼を同じ高さにしてから、先に立って歩いて行った。シロタはなるべく下を見ないようにしながら、そのあとに続く。いくら落ちないからといっても、あまり気分のいいものではないからだった。

ちょっと展覧会場のような、立体の画面枠が数百、ずらりと並んでいる所で、シニュームは彼を待たせた。

ほどなく、二、三人のエリダヌ人がシニュームについてやって来た。

「エスピーヌン1号だな」

と一人が言った。

シロタは心持ち頭を下げ、相手が名乗るのを待ったが、エリダヌ人の方は頓着なく、彼を、その画面枠の所へ連れて行った。

「説明しよう。ここにあるのは銀河系の主だった種族だ。こちらは」

と、一人が金色の枠にかこまれた立体写真を指す。方一メートルぐらいの箱（シロタには、どう見ても箱としか見えないくらい精巧な立体写真だった）を指し、その下にあるスイッチに手を触れる。

画面の中は、くらい空間だった。そこに浮遊するのはぼんやりとした不定形の塊の群である。エリダヌ人がスイッチに手を入れた瞬間、シロタはその画面に吸い込まれるような気がした。自分がみるみる縮まって、画面の中の世界にひき込まれるように感じたのだ。

くらい宇宙空間に漂う不定形の塊たちは、どこかへ流れてゆくようだった。しかも、具体的には言えないが、その塊は何か生気を宿していて、彼をじっとみているように思える。

突然、遠くから星の光を横切りながら、何か物体がやって来た。

シロタのまわりの塊たちが、緊張するのが感じられた。張りつめられた怒りが、空間を流れる。と、不意に、近寄って来た物体は発光し、拡散すると、消えてしまった。塊たちから安心したような気分が流れて来た。

シロタはわれに還った。

目の前は相変わらず明るい光に照らされた、立体写真の列である。今の今まで動いていた塊たちも、ただの立体像に帰っていた。

「これはヒロソ種族だ」

と、エリダヌ人は言った。

「銀河系第一位。核恒星系から来た最高級の生命体だ」

「あれが生命体なんですか」

呆気にとられたシロタが訊ねる。

「そうさ。彼らには思考造物力があるんだ。それに、彼らはいっさいの闘争に加わろうとせず、ただ、思索を練り、直観力に長けている。銀河系の中心に住んでいる」

「あれで、何か力を持ってるんでしょうか。どうも、そうは見えませんね」

「あんまり悪口を言うもんじゃないよ。支配範囲は一万光年。何しろ、自分たちに害意を持って近寄るものは、すべて消滅させることが出来るんだからね」

シロタは震えあがった。それを見ていたエリダヌ人は、思い直したようにつけくわえるのだった。

「とにかく、直径十万光年、質量はきみたちの太陽の一千億倍もある銀河系には、さまざまの生命体がいるし、どこまでが生命体なのか、われわれには正確な定義の下しようがない。ただ、われわれの生存に影響を与える力のあるものは、一応生命体として考えなくちゃなるまい。

きみは、わがエリダヌンを見て、多分エスピーヌンとの違いばかりに気をとられていたのではないかと思う。しかし、エリダヌ人とエスピーヌ人との差違は、事、銀河系という立場で見るとき、ほとんど同じような存在なんだ。さきのヒロソ人の形状や、それからやがて判ると思うが、その考え方を知った時、おそらくもっと巨視的な見地に立たざるを得ないだろう。彼らには酸素も、食物もいらない。ただ、熱エネルギーさえあれば、何とかやって行く。そうした生命体が、環境依存度の低さゆえに優者となっているのは、隠せない事実なんだよ」

シロタはここで、本当の衝撃を受けた。

「次は、これ。エイバアト種族だ。発生地は銀河系第四腕あたりらしいが、恐しい種族だ。スイッチを入れよう」

待ってくれという暇さえなかった。

数千の、密集した宇宙船が、虚空を進んでいる。

彼らの前にある惑星は、片端から凍結し、凍え切ってゆくのだ。そして、そこへ植民をしては、また、次の星へ。

「わかったか」

エリダヌ人が言った。

「事実上、銀河系の支配者はこいつらだ。彼らは何かに憑かれたように、征服に次ぐ征服を続けている。銀河連邦を崩壊させたのもこの種族だし、われわれが共同戦線を張らねばならないのも、この連中のためだ。

まだ、エイバアト人の実体を見た者はいない。連邦会議に出席する時でも、彼らは自分の場所へ、他の種族を近寄らせなかった。何しろ、連邦会議は、ひとつの太陽系の諸惑星に分散し、電波で連絡をとるんだからね。エイバアトはどんな惑星に割当てられても平気だった。それに、われわれは彼らの宇宙船しか見たことがない。

ただ、彼らについて判っていることは、彼らが冷酷非情で、自分たちの目的のためにはどんな事態になることをも辞さないということだ。それともう一つ。彼らの増殖のしかただが、想像によれば、彼らは何かエネルギーさえあれば、自分の身体を触媒にして、星間物質とか、惑星の物質から、複製を作り出すことが出来るらしいということだ。何にしても、彼らは爆発的に増えて来た。今では、数万の彼らの軍団は、銀河系無敵なのだ」

喋るエリダヌ人の瞳には、あきらかに嫌悪と憎しみがあった。

　エリダヌ人は次々と、代表的種族を説明していった。高等珪素《こうとうけいそ》生物《せいぶつ》の代表ハイナンタ、電気生命カラミン、弗素《ふっそ》生命《せいめい》サルニアなどに続いて、第十六位にエリダヌ人があった。裏側の、未登録生命の中、八十四番目には懐しの、地球人の姿があった。

「動かそうか」

　と、エリダヌ人。シロタは首を振った。

「結構です。これ以上劣等感をおぼえてはたまらない」

　これだけ数多い異種生命体を見させられたシロタの胸中には、いつか、エリダヌ族に対する、ある種の近親感が湧いて来ていた。宇宙の中に、無数にある生命体の中で、地球人にとって最も近い生命体はエリダヌ人なのだということを、彼ははっきりと納得することが出来たのである。

　挨拶もそこそこに、彼はシニュームに連れられて、その建物を出た。事あるたびに事物の把握法が拡大してゆくばかりなのに少々戸惑いながら、それでも自分たちの目標が、酸素を吸って生きてゆく種族のために戦うことにあるのだという信念が、徐々に形成されてゆくのに抵抗することは出来なかった。

その夜、例によって、シニュームはシロタの部屋にやって来た。

シロタは眉をあげた。

「実験、ですかな」

「その前にちょっと、見てほしいものがあるんです」

「ほう」

シニュームは何かを提《さ》げて来ていた。「おことわりしておきますが」

トランクに似た箱だった。ぱちんと音を立てて開くと、シニュームはそれを机の上に置いた。

細い試験管がぎっしりと詰められ、それを透明な膜がおおっている。

「何でしょう」

「あなたの精子ですよ」

「何だって？」

「これは今までの実験によって射出されたものを採取し、交配可能の状態に置いてあるものです」

「しかし、いったい、どうして」シロタはどもりながら反問した。「何故そんな事をするんですか」

「義務ですから。本来ならあなたを精子採取機にかけて採取するところですが、あなたにとっでは操作法がむずかしかろうと考えたので……」

「欺したんだな！」シロタは激昂した。「単に精子が欲しいだけで、こんな実験を続けてきたのか」

「いいえ」シニュームの語調は変わらない。

「効率よくやっただけです。実験そのものにも意味があったのです」

「そうですか、よく判りました。ええ、判りましたとも」

「エスピーヌン1号」

シニュームは言った。「性行為の事になると、どうしてそんなに感情のバランスを崩すのですか」

「それは……」シロタは鋭くシニュームを見た。「すぐにわかるでしょう」


どうしてその夜に、シロタの思惑があたったのか、彼には判らなかった。昼間の説明が何かシニュームの心理に影響を与えていたのか、または、やっとシニュームの心理がほぐれたのか、理由は判らない。

ともかく、精子の一件で頭に来てしまったシロタは、必死だった。シニュームの理性を崩すためには、何でもやろうと決心したのだ。

仰向けになって横たわったシニュームの裸体を摩擦しながら、シロタはもう自分たちが喜劇の主人公であり、妙な行為に没頭していることを考えようとはしなかった。

それは見ようによっては気狂いめいた努力だった。

「私の身体が変になるようです」

とシニュームは言った。「性感が復活したのだ」シロタは言い、シニュームが拒否の姿勢をとろうとした時も手を止めようとはしなかった。

夜半。人間どうしなら愛撫と呼ばれる行為のため、シニュームの感情のバランスが崩れ、汗に濡れて喘ぐのを見たシロタは『勝った』と思った。シニュームは正に性を取り戻したのだ。それがたとえ愛情のない身体だけの接触による結果だとしても、あきらかにエリダヌンに残されたセックスが炎となって燃えあがったのだった。

シロタも汗でぐっしょりと濡れていた。彼にとっては幻夢機による悦楽とは程遠い交渉であっても、これがひとつの終末を意味していることはあきらかだった。疲れて眠り込んだ小さな女の像を、ほの青い照明の中に見ながら、シロタはこの時はじめてエリダヌ人に対して心からの同情を感じたのである。

《異性間の愛を、このエリダヌ人はまだ知らない。肉体間のつながりがあったからといって、それが復活するかどうかは誰にもわからないが……。しかし、可能性は出来たのではなかろうか……》

そして、そのとき以来シロタの内部にエリダヌ＝エスピーヌ防衛線についての肯定が生まれたのは自然の勢いであったといえる。

「明日、政策島へ行くことになっています」

シニュームが言った。

「政策島?」

「そうですよ。そこであなたは、エスピーヌンとしての発想で、島の人々と話しあいをするんです。私もついてゆきます」

ごく微妙な変化が、シニュームの言葉づかいにあらわれているように、シロタには思えた。シロタをひとつの人間として考えようという努力が、どこかにあるように思えたのだ。それがどういう訳なのか、シロタには判らなかった。ただ、地球人の発想法が、エリダヌ人にとって、今や単に野蛮なものではなく、ひとつの価値を持つとみなされていることはたしかだったと言っていい。

「何故、エスピーヌが急速に伸びて来たのか、この頃は私にもわかるような気がします」

夕食のあと、突然シニュームが言った時、シロタは不審げな眼をあげた。

「どうしてですか」

「実は」

シニュームは、ちょっと考えてから、こう言った。

「私たちにはエスピーヌンのような名前などはないんですよ」

「しかし、シニュームというのは、名前なんじゃ……」

「違います。どうせ明日政策島へ行ったら判りますが、私たちには、エスピーヌンが使うような意味の名はありません」

「しかし、どうして個人を判別するんです」

「従事する仕事、略歴、脳波特性や能力などに、ひとつの組み合わせ符号があるんです。例えば……」

シニュームは長い名前を言ったが、シロタには皆目訳が分からなかった。

「それ、名前ですか」

「はっきりとはいえません。仕事や能力が変われば、呼び名も変わることになっています」

「じゃ、固有の名前はないんですか」

「ありません。今までは、それでいいと思っていましたが……。しかし、シニュームという呼び方が、いつの間にか自分そのもののように思えて来る時もあります」

「それはそうでしょう。名前とは本人そのものでなければ意味がない。それはあなた自身のひとつの発見じゃないんですか」

「そうかも知れない……。しかし異端です」

「異端?」

急にシロタは、前にシニュームが、『消される』という言葉を使ったのを思い出した。

「異端なのです」とシニュームは続けた。

「ひとつの世界は常に統制のとれた、反措定《はんそてい》のない一色のものであるべきだ。これが私たちの考えです。しかし、エスピーヌンの世界は、いつも闘争とか対立があるように思える。そして、その中から生まれてくるエネルギーが進歩の方向にむけられた時、大きな力を発揮するんじゃないかと思います」

「シニューム、あなたはこんなことを知っていますか？」

シニュームは澄んだ眼をシロタに向けた。

「ある二つの集団があって、それをA、Bとして、仕事をさせるとします。Aにはこの仕事は全体として能率があがればいいんで、協調してやるように言い、Bにはこれは競争であり、個人個人の成績も評価されるんだと言っておきます。同一時間内に、どちらが好成績をおさめると思います？」

「さあ、それは……」

と、シニュームはためらった。

「そうした仮定の質問には答えられないし、また、そんな発想を、私たちはとったこともありません」

「そうですか」

「で、結果はどうなんです」

「エスピーヌンでは実験的にたしかめられています。協同作業よりも、競争作業の方がずっと高能率なんですよ」

「……そうですか。そうかも知れない」

シニュームはあやふやに呟いた。

「二つの対立物がある方が進歩するのは早いのかも知れませんね。性の問題にしても……」

「さっき、あなたが言ったとおり、反措定の存在がなければ、停滞しかない。私は確かにそう思いますね」

シニュームは、ちょっと歪んだ笑いを浮かべただけで、何も言わなかった。

翌朝、シロタは政策島へ行くために、瞬送装置に載せられると聞いて、反対した。

「あれは嫌だ」

「どうして」

「あれには時間の経過感がないですからね。この辺で、ひとつ原始的な乗物にでも載せてくれませんか。私は海が見たいのです」

「変わっている。本当に」

シニュームは首を傾げながら、それでも船の手配をしてくれた。

シロタにとっては、この頃はかなり愉快な日々が続いていた。完全優者であるべきエリダヌ人が、シロタの我儘を多少とも大目に見て、好きなようにさせてくれるなど、最初のうちは考えたこともなかった。地球人の評価はますますあがっているのではないか、などと考え、自信が湧いてくるのだった。

港から望むと、海は綺麗に晴れあがり、打ち重ねたような水平線と、山脈の線を浮きあがらせた島々が見えた。

そのうちのひとつを、シニュームは指した。

「あそこですよ」

船は見たところ、地球のものとはそう変わってはいないようだった。定期便と見えて、白く塗られた船室の中には、もう五、六名のエリダヌ人が乗っている。

「政策島はこの島よりも人口密度は高いから、多くのエリダヌ人に逢えますよ」

と、シニュームは言った。

「どのくらいですか?」

「平均して三〇〇ということになりますか、あなたがたの単位にして」

「ははあ。地球では五〇〇を超える所はざらですがねえ」

「キロ平方あたり?」

「そうです」

「だが、それは一部の都会でしょう。平均したら、エリダヌの方が高いんじゃないですか」

「エリダヌでは、人口は割合平均して散らばっているんですね」

「比較すれば、そういうことです」

言っているうちに、船はしだいに速度をあげて行った。速度のわりには、機関音は小さいようだ。

少しばかり出ている雲のきれはしが、島々のいくつかを翳《かげ》らせては移っていた。海の匂いを全身で感じながら、シロタはこころよい生命の充実をおぼえた。

「疲れませんか」

シニュームが言った。

「あまり疲れませんね。どうしてです?」

「私は少し過労らしいのです」

シニュームは言う。「あの実験はひどく身体を消耗させることがわかりました」

シロタはシニュームを見た。言い方はもうどことなく女性的だ。

「それに、あれ以来、私の身体の原始機能が復活したのか、少し気持が変わってきたようです。どういうことでしょう」

「多分……。多分あなたは昔の女性へ戻りつつあるんでしょう」

シニュームは答えず、潮風に顔をむけた。

「あれはたしかに快楽のひとつ、ですね」

驚いたシロタが振り返った時、シニュームはもう完全に平静な状態で船室へ向かおうとしているところだった。

「シニューム……」

と呼ぼうとしたシロタは一瞬、その名が仮の名に過ぎないことを思いだした。

だが、その気持が伝わったのか、シニュームはこちらを振りむくと、いつもの、あの説明的な口調で言ったのである。

「私たちはあまり長い間海を見たり、潮風にあたったりするのに馴れていません。それにまだ仕事が残っていますから」

そしてドアを開けた。


海を見ているのはシロタきりだ。船室内のエリダヌ人たちは、皆がみな、何か計算に熱中しているらしい。

実際、気持のいい風だった。エスピーヌンは原始人に近いのだろうか。しかし、それでもいい。こうした気分でいられるのは素晴らしいことではないか、ちょうど地球にいるような気分だ。それも、シロタの住んでいた地球ではなく、郷愁の内にある遠い地球のような……。

銀河二千億の恒星が持つ太陽系、その中の一パーセントは地球と似た条件を具備しているといわれる。ひょっとするとシロタは、銀河系内で、地球と一番似た惑星にいるのかも知れない。地球が開発していった数多い植民地のどこよりも、ここは地球的なのかも知れなかった。

やわらかな風が吹いて来て、彼の髪をなびかせる。

絶え間なく跳ね返り滑ってゆく船側の波しぶきを、彼は手すりにもたれて飽きもせずに眺めていた。

8　政策島で

シロタが政策島に到着してから二、三日後、エリダヌ星にひとつの情報が入った。

それは、恒星間パトロールの一隻からの連絡だった。エリダヌ星から約二千光年の地点で、他種族の宇宙艇が発見されたのである。

従来、他種族の支配圏を航行する宇宙船には、すべて銀河連邦のマークがしるされていた。その義務を怠れば、破壊されても止むを得ないという不文律があったのだ。

ところが、この宇宙艇は固い外被で鎧《よろ》われ、積載能力よりも航行速度を重視した、いわゆる戦闘艇だったのである。

母星太陽系からこんなに近い地点へ侵入した戦闘艇を発見したパトロールは呆れ、かつ怒った。

近接してみたが何の応答もない。それに、速度もゼロにひとしかった。パトロールは捕捉通知を出すと、一方的にその艇を捕え、一番近い基地に連絡を発した。

瞬送中継で、その異種族の戦闘艇はエリダヌ星に送られて来た。

調査の結果、この艇は珪素生物ハイナンタ族のものであり、跳航能力を持っているところから、戦闘現場からの脱出に成功はしたものの、力尽きて漂流していたものらしいことも判明した。

外被を破壊すると、二体の珪素生物が発見された。生死は不明だ。というのは、ハイナンタ族は一〇〇〇度C以下の環境ではただの岩石と大差がなくなるからである。

そこで生命体研究島は資料を細分し、それぞれ担当部門島へ発送した。政策島へは一体のハイナンタが送られた。

「と、いう訳だ。これから、ハイナンタとの対話があるから、一緒に来るように」

映話に似た交話装置で、シニュームは話していた。

シロタは横で、それを逐一《ちくいち》聞いていた。今では、かなり複雑な会話でもわかる。もっとも、これはシロタに語学的な才能があった訳ではなく、催眠教育と、類推の結果に過ぎない。

ここへ来てから、シロタはかなり多忙な日々を送っていた。この島にも、前の島と同様細分された多くのグループがあり、それぞれの研究なり仕事なりを進めていたからだ。彼はそこへ出掛けては、地球人のものの考え方について喋らされた。それも、あまり客観的とはいえない。

シロタは、エスピーヌンは、という代りに、すぐ、私は、と言ってしまうからである。自我を守り抜く点、彼は全く忠実だった。

エリダヌ人は焦っていた。シロタの喋る事柄から、直接政策を抽き出すのが困難だからである。エリダヌ人にとって、今や、根治療法は不要なのだった。即効的政策が必要なのだった。そんな見地からは、シロタから何も抽き出せはしない。ただ、自分の話す事柄はいちいちエリダヌ人のものの考え方にショックを与えるらしいことは、シロタにはよく判っていた。それだからこそ彼は一生懸命に飛び廻っていたのである。

自分の考え方に、別に共感してもらわなくてもいいが、理解だけはしてほしい。何度シロタはそう思っただろう。だが、多少とも判ったらしいのは、シニューム一人きりだった。

シニュームとは昼間のみならず、夜間も交渉を持っていたからかも知れない。シロタが与える刺激に、このごろのシニュームは鈍くはあっても必ず反応を示した。そしてそのことについて、時々考えているらしかった。彼女のいうように〝精神機能のバランスが崩れて〟いくのだとしても、地球人と、何らかの意味で非理性的なつながりを持つのは、その不思議な営み以外にはなかったのではないだろうか。もし、他に何か方法があるとしても時間がかかるのだ——シロタはそう考えてみずからを慰めていた。

ともかく、彼は今や積極的だった。気力と自信がよみがえって来ていたのだ。

「エスピーヌン、出掛けましょう」

シニュームが言った。

異種生命との出会いは、これが最初ではない。現に、このエリダヌ人も地球人ではないし、低級生命体なら宇宙生命圏で、何度も見ていた。

だが、今度は違う。ハイナンタ族というのは、銀河系第五位の高等生命体だし、それに珪素生物だ。

「いったい、どうして彼らと交話するんですかね」

「よくは知りません。専門外ですから」

シニュームは簡単に答える。

実験室には既に二十名あまりのエリダヌ人が来ており、中にはシロタの顔見知りの者もいた。

高さ三メートルほどの炉だ。ハイナンタ族を入れて、絶縁し、外部は電気炉になっている。

黒い硝子《ガラス》の内側には珪酸硝子が嵌め込まれていて、ハイナンタの動きがわかるようになっている。

スイッチが入れられると、炉はしだいに熱を帯びていった。珪酸の理論溶解温度は一七七〇度だが、実際にはもっと低い点で止めなければならない。

一〇〇〇度を超えると、黒い硝子を透して、輝く内部の内で、珪素生物が動きはじめるのが見えた。エリダヌ人たちは期せずして歓声をあげる。

交話器は震動伝達装置らしく、一人がしきりに呼び出しをかけている。間もなくこちらの受信グラフが、ハイナンタの意志を伝えはじめた。その震動は接続された転換装置から文字になって出てくるのだ。

「ココハ、ドコダ。ココハ、ドコダ」

と、ハイナンタはしきりに発信している。

「エリダヌンの、政策島だ」

一人が言うと、それが打たれ、応答が返ってくる。

「エリダヌン……。アア、タンパクシツブンカ　ノホシ　ダナ。ドウシタ　ノ　ダ」

「われわれはきみを捕えた。きみの宇宙船はわれわれの母星から二千光年の地点を漂流していたのだ」

「ワカッタ……。ココ　ハ　セマイ」

「もう少し辛抱してくれ。きみは誰か、そして、どうして漂流していたのだ」

発光しながらうごめく珪素生物は、硝子ごしにじっとこちらを見ているようだった。

「イエナイ。ソレハ　イエナイ」

「結構だ。われわれはこの電気炉を、一六〇〇度まであげることが出来る。そうしてもいいのか」

「シヌデハ　ナイ　カ」

「では、話してくれ」

しばらくの間、交話器は静まりかえっていた。やがて、珪素生命体はのろのろと炉内を叩きはじめた。

「ジブン　ハ　ハイナンタゾク　ダイ三　テイコク　シンエイタイ　一〇九四ゴウ　コウゲキテイ　ノ　フク　シキカン　ダ。ワレワレ　ハ　エイバアト　ノ　シンリャク　ヲ　ムカエタ。テキ　ハ　ムスウ　デ　ツヨカッタ。ワレワレ　ハ　ネツ　ヲ　ウバワレテハ　ハカイ　サレタ。ジブン　ノ　テイ　ハ　ヒエキラヌ　ウチ　ニ　ニゲタ　ノ　ダ。ドコ　ヘ　トンダ　ノカ　ジブン　デモ　ワカラナカッタ」

「エイバアトは、今、どこにいる」

「ワカラヌ……。ハイナンタ　ノ　ショ　テイコク　ノ　ツギ　ハ　カラミン　ダ。オソラクカラミンゾク　ガ　イマ　タタカッテイル　ノ　ダロウ」

「場所は？」

「ハイナンタセイ　ノ　チカク。ギンケイニ……」

「答えてくれ」

「……モウ　ヨワッタ。ココ　ハ　イイ　オンドダ。ココ　デ　イイ」

「聞こえるか」

「……ハイ　ナ　ンタ　ハ　ホロビ　ナイ　ゾ。ハイ　ナ　ン　タ　バ　ンザ　イ……」

珪素生命体は動かなくなった。

「もう少し温度をあげてみろ」

炉内の輝きが、心持ち強くなると、珪素生物は再びのろのろと動いた。

「シズカ　ニ　シナセロ」

「わかった。どうする？」

「ヒヤシテ　クレ。モット　モット　ツメタク……」

「スイッチを切ってやれ」

炉の光は徐々にくらくなってゆき、それにつれて、ハイナンタの形も見えなくなっていった。

一同は凝然《ぎょうぜん》と立っていた。母星を守るために戦って敗れ、異種族の実験用炉の中で生涯を終えた珪素生物には、何か感動を呼びおこすものがあった。

最初にわれに還ったのは、シロタの顔なじみのエリダヌ人だった。本当の名前を、シロタは発音しにくいので適当にそれをつなぎあわせてキータラと呼んでいた。エリダヌ人の方でもいやいやながら、シロタにそう呼ばれると返事した。シロタはどのエリダヌ人に対しても同じように出来あいの名を与えたのである。

「事態は切迫している！」

と、キータラは言った。

「ハイナンタの次はカラミンだと、あの珪素生物は言った。ハイナンタ、カラミンを結んだ線の延長線上には、群小種族がある。その先は、エリダヌだ！　最早エイバアトに襲われるのは時間の問題だ」

「わかっている」

別のエリダヌ人が、キータラの肩を叩いた。

「計算によれば、あと一年だ」

「一年?」

「ああ、一年しかない。もう、エスピーヌから『何か』を抽出している暇はない。防衛軍を動員しなくてはならない」

エリダヌ人たちは、いっせいに討論をはじめた。

シニュームがほっと息をついた。

「おしまいです」

「何がですか?」

「もう、エイバアトの侵略は確実です。あなたをつれてくるようにしたのは、この政策島でしたが、もう、それも間に合わない」

「戦わないんですか」

「じっとしていることは出来ません。どうせ敗れるのですが……」

「じゃ、ぼくは用無しということですか」

「仕方がないです」

他のエリダヌ人たちも、シロタを見て言った。

「いずれ、正式に決まりますがね、われわれは戦う準備にかかります。また地球に戻ってもらわねばなりますまい」

「どうして?」

と、シロタは叫んだ。こんな馬鹿な話があるものか。

「どうせ戦うのなら、何故、エスピーヌンも使おうとしないのです? 言うのも変だが、エスピーヌンは今まで敗れたことがない。共同戦線は張れないんですか」

エリダヌ人たちは苦笑に近い表情をした。シロタはシニュームに向き直り、その手を握った。

「何とか、頼んで下さい。エスピーヌンにしても、訳も分らず滅亡したくはない。敗れてももともとだ。いや、むしろ、結果としてみずからを認めるでしょう。何とか、滅びる前に、この事を知らせてやりたい」

「わかります」

握った手が振られるのにまかせながら、シニュームは静かに答えた。

「しかし、問題はそう簡単ではありません。ひとつの文明種族が、自己の独尊観を捨てて連邦に加入するまでには、長い年月がかかるものです。急速に連邦の圧力を及ぼす時、新進のその種族は、全銀河系を相手にしてでも戦うものです。結果は自滅です。わざわざ滅亡させるようなものですよ」

「それは、その若い種族のことが、よく判らないからではないですか？　圧力をかけるにしても、いろんな方法がある筈だ。その方法さえうまくゆけば、失敗の可能性は減るんじゃないですか？

エスピーヌンについて言えば、ぼくというサンプルがここにある。ぼくの心理を調べて交渉に入れば、きっとうまくゆきます。あなたとの『実験』を通じて何かが判らなかったか……。そうじゃないでしょうか」

シニュームの顔に、微笑がうかび、それが拡大して、はればれとした笑いに変わっていった。

シニュームはふり返り、他のエリダヌ人たちに言った。

「どうでしょう。私には可能性があると思えますが……」

エリダヌ人たちは暫く、シニュームを見ていたが、やがて分散すると、それぞれの持場へ帰ってゆく。

「どうしたんだろう」

呟くシロタに、シニュームはこう言った。

「可能性の確率を、調べに行ったのです。私の報告は皆に渡っていますから」

囚人から傍観者、傍観者から関係者へとシロタの立場は移ってきたが、これで彼は既に重要人物となりおおせることが出来た。今や彼は重大な課題を背負わされている。強力な軍団を持ち、宇宙随一の文化を保持すると自負する地球人を納得ずくで一致団結させ、エイバアトに対する防衛線を作りあげるという大仕事が……。

計算につぐ計算によって、この方法以外に助かる道がないと考えたエリダヌ人たちは、そうなると判りは早かった。万一の場合に備えて、エリダヌ戦団は非常体制に入ったが、一方、政策島の多くのエリダヌ人はシロタを中心とするグループを作りあげた。シロタの大抵の注文は聞いてもらえた。この点、目的さえ定まればそれを達成するためにはエリダヌ人は実にフランクなのだ。

しかも、あまり時間はなかった。島の中央にある建物のひとつに集まったグループは夜を日についで、対策のために、ありとあらゆる手段を考え、可能性を計算し、他の計画に影響を及ぼすことが最も少ないような着手方法を考え出すのだ。いわばブレーン・ストーミングである。こうなったらもうシロタの独壇場だった。

情報はこうした一同を焦りに焦らせるように、次から次へと入って来た。

ヒロソ人が支配する核恒星系付近の地域を注意深く避けながら、エイバアトの大軍団は発生地である銀河第四腕から、ハイナンタの支配圏を通過し、その付近のレイトナ、ハオニイなどの小諸族を一蹴、いったん方向を転じて第Ⅱ族星系に住む未開種族を征服してから、今度はカラミン族の防衛線にむかって来た。電気生命——くわしく言えば金属人間で、遠い昔に発達して滅びた高等生物が残したロボットたちだ。彼らは長年の間、自己改良を重ねながら、今では銀河系第四位にのしあがっている。この、六千光年にわたる防壁が崩れれば、次はエリダヌ族を含めた二流生命体の支配圏だ。エリダヌに隣接した弗素生命体パルピーナは、すでに銀河軸と対称の位置にある、同じ弗素生命サルニアなどと共に、共同防衛線を張ろうとしていた。多少とも力を持った種族はおのおの同系の生命体と連合してエイバアトの侵略から免れようと、必死の努力を続けている。

しかし、銀河連邦が崩れ去った今、系列の違う生命体にはもはや連合をはかるだけのリーダーもなく、その力もなかった。それぞれが勝手に迎え撃つだけなのだ。エイバアトの前にこうした弱小集団が、どれほど力を持っていたというのだろう。

ともかく戦端が、今どこで開かれているのかは、殆んど知る間もなかった。守るべき支配地を持つ種族は、覚悟を決めて待っているだけだったし、それほど強力でない種族は移住にとりかかっていた。また、まだ未発達でこの抗争のことさえ知らぬ多くの種族は、訳のわからぬうちに絶滅するのであった。

エイバアトという魔物は、そんなことには頓着せず、銀河支配の本能のままに、圧倒的な力で進軍を続けていた。

「どっちみち、われわれには、エリダヌ＝エスピーヌ防衛線しかないんだ」

キータラが机を叩いた。

「われわれの戦団は、母星の周囲一千光年の付近に集結しているんだろう」

「ああ。しかし、それが何の役に立つ？　われわれの軍隊は、銀河的規模で見た場合、親衛隊ほどの力もないんだ。作戦も何もありゃしない。いったい、どうすればいい」

シロタは、グループの白熱した討論をじっと聞きながら、眼を閉じていた。今では袋のような服を着た彼は、エリダヌ人の一人のように見えた。

エリダヌ人は、長い間に分権文明を作りあげていた。相互牽制を極度に押し進めた統治形式だ。ここでの決定は、政策に関してはほとんど命令に近い力を持っているが、他の部門が担当する事柄になると、何の力もなかったし、専門家もいなかった。つまり、全員が、何らかの専門家なのだ。

シロタはふと、この世界で、群衆というものを見たことがないのに気がついた。彼らエリダヌ人は、決して等質の状態にはなれないのだ。そして、指揮者も生れてはこない……。

「ちょっと、訊きたいんだが」

シロタの発言に、エリダヌ人たちは静かになった。

「きみたちの軍隊は、失礼ながら、あまり強くはないらしい。それは、命令組織がはっきりしていないからではないのか」

「はっきりしているよ。ちゃんと職能的に編成されている」

「そこだ。きみたちの弱味は、指揮者の不在ということではないか」

「わからん。それに、そうした単純な組織はわれわれの気風にあわないのだ」

「だが、その辺の違いが、エスピーヌとエリダヌの違いではないのかな。きみたちは常に同格異職を考える。上下とか階級の観念が欠けているように思えるんだ。どうだろう」

「それが、何かの役に立つのか？」

キータラが、鋭く訊ね返した。シロタは苦笑する。

「いや、エスピーヌを動かすには、今の特性を使うほかはないのじゃないかと思って……」

「と、言うと？」

エリダヌ人たちは、口々に質問し、シロタは咳払いをした。これは彼が考えに考えた方法だったのだ。

「とにかく、何にしても地球へ行かなくてはいけない。そこの情況を調べた上で着手した方がいい」

こう前置きして、彼は喋り出した。

地球人の間に、ひとつの世論を作り出すことは、非常にむずかしい。しかも地球人がちらばっている全植民地に、その世論を徹底させるとなると、十年やそこらではまず不可能だ。

昔なら、一偉人が叫び立てて多数を動かすこともあったが、今は、個人の力はゼロにひとしくなっている。勿論、その方法が出来ないというのではないが、シロタ自身はとてもその任に耐えない。何故なら彼は逃亡者であって、指導者ではないからだ。

あとは、ただひとつ。地球にいて、事実上地球を支配する上層階級を説得することだけが残る。現実に支配力を持つ人々が、職権で、ある方向を集団的に打ち出せば、人間たちは動くだろう。

シロタの説明に、皆は黙っていた。

突然、シニュームが顔をあげた。

「しかし、駄目かも知れませんよ。私はあなたとずっと一緒にいるので、こんな事が考えられるのですが、命令だけで、エスピーヌンが動くでしょうか。下部から、それを支持する者が出てこなくては、上層部が浮きあがるだけではないのですか」

この質問は、シロタの心の不安を射抜いた。

「大丈夫だろう。命令が、理にかなっていさえすれば……」

キータラが反論を試みようとした。何といっても、シニュームは政策島の住民ではなかった。

しかしシニュームは止《や》めなかった。

「いいえ。エスピーヌンには、そうしたところがある。これは断言出来ます」

「たしかに、そのとおりですよ」

シロタは肯定せざるを得なかった。

「では、どうするのだ」

と、キータラ。

不意に、シロタの頭の中に灯がともった。

「聞いてくれ」

「…………」

「きみたちエリダヌ人は、エスピーヌンの存在をどうして知った？」

「とは？」

「銀河連邦から、エスピーヌンのことを知らされたのか？」

「いや、そうじゃない。同系種族の発見はたいてい、その系の上級種族が……そうか」

キータラは、ゆっくりと言った。

「そう……。誰か知らないが、いつの間にかそうした事実が判ってきたのだ。徐々に」

「それを知ったのは、エリダヌ人ではなかったのか」

「たしかにそうだった」

「ところで、エリダヌ人の行方不明者は、いまだに出ていないのかね」

「ずいぶん出ている。逃亡者のない種族などはいない。彼らは同系低級種族の世界へ逃げ込んで……なるほど」

「どうだ。今の事情から、エスピーヌへ逃げたエリダヌ人が、かなり存在するとは考えられないだろうか」

「可能性はある。それで?」

「つまり、その連中に、逃亡の罪と帳消しに協力を誓わせるのだ。彼らは既にエスピーヌ化している だろうが、それでもエリダヌ人のなれの果てだ。彼らは地球や、その植民地では信用がある。表立って協力するのを拒むようだったら、何とかして、上層部の命令の太鼓叩きをやってもらうようにするんだ」

「太鼓叩き?」

「いや、支持して宣伝するということだ」

「わかった」

エリダヌ人たちは口々に喋りはじめた。とにかく地球派遣隊を作ろうという決議は全員一致で可決された。

「エスピーヌン1号、きみも行くか」

「勿論。帰らせてもらうよ」

これがいけなかったらしい。たちまちエリダヌ人たちはひそひそと話しあい、こうシロタに宣言したのである。

「きみにはエスピーヌ星に戻ってもらわず、その近くから、指令を出してもらうことにする。逃亡されては困るからな」

「逃亡など、しやしない」

「それはわからん。今までわれわれが聞いてきたエスピーヌンは、往々好んで不条理な行動に出るということだったではないか。今、きみに逃げられては、時間的余裕がない。逃亡しないときみは言うが、万一の時、すべてがおしまいになる以上、エスピーヌ星の土を踏まれては困るんだ」

「……なるほど」

「了解したか」

「仕方がないでしょう」

シロタは反抗的に言った。

瞬送は、送受両方に、定置された装置があるのを前提とする。

シロタに地球の土を踏ませないとなると、工作基地はエスピーヌ支配地に決める訳にはいかない。彼らはエスピーヌの太陽から百六十光年距たった恒星系の、一惑星へ出発することになった。

シロタの知らぬうちに、工作隊は組織された。その数一千名。それぞれ担当部門を持つ技術家集団だ。

今度はシロタも瞬送装置に乗ることが出来た。瞬送装置は、ある天体内の一基地から、他の基地への移動を可能にするが、前に言った心理的障害がなくても、宇宙空間内の宇宙船からの移動や、装置のない所への移動は出来ないということだった。

「今度は、着衣もいっしょに、つくんだろうな」

シロタが訊ねるのに、エリダヌ人たちは笑いだした。前に彼が瞬送された時は、ドリーム保険の連中は、彼が契約によって地球を離れたことを他の人間に証明するために、着衣の分まで増幅しなかったというのだ。シロタは苦笑せざるを得なかった。

行先は、エリダヌ人たちがラムーと呼ぶ恒星の第二惑星、愛称ケドロニンだ。地球文化圏に近く、しかもエリダヌ人の足跡が残っている地点だ。他星人の権力を『適当に』尊重するエリダヌ人たちは、自分たちの母星に似た環境を持つ星しか開発しなかったから、惑星ケドロニンの上でシロタが宇宙帽と宇宙服という、不便な生活を送る必要は、まずなさそうだった。

忙しさにまぎれて、シロタは最近シニュームが、自分とあまり会わなくなったのをそれほど気にとめていなかった。いつか自分一人で生活出来るようになっていた彼は、もうエリダヌ人のおつきなしでも、どうやらやっていけたからである。

無論、心の隅がふっと開かれたような空白の時間、彼は烈しい後悔と憐れみを感じとることがあった。実験するつもりだったくせに、いつの間にか地球人の実験の対象となっていたシニュームのことを考えると、やり切れなく思うことさえあった。

シニュームとの交渉は、あくまで異質文化の人間どうしの、ひとつの接近方法に過ぎないことは、彼の理性が教えていた。ただのお遊びではないか。正直のところ、シロタ自身もこうした行為が欲望を昇華するという効用を認めてはいた。

だが、地球人として考える時、それは全くの罪悪である。

カーリが受けたように。

ここに思い至った時、シロタはがく然としたのだ。フィッツギボンを憎悪し、恨んでいた自分が、全く同じようなことをしているのではないか。

もし、シニュームが仮にエスピーヌンだったとしたら、自分はどう言うだろう。

「悪気はなかったんだ。仕方がなかった」

それで済むのだろうか。

が、本当のところ、仕方がなかったのではないか、むしろシロタは被害者なのではないだろうか。

こんな気持のために、あるいはシロタは潜在意識下でシニュームを排斥していたのかも知れず、習慣のようにシロタを調べ、分析していたシニュームがそれを感じとって避けはじめたのかも……。

馬鹿げている。シロタはいつもそう考えては妄想を打切るのだった。

瞬送装置が眼前に、太陽の光を浴びて一層巨大に見える。列を作ったエリダヌ人が順番にその中へ吸い込まれていくのだ。

「私の役目は終りました」

そうシニュームが言った。「これから私は瞬送で、エスピーヌへ行くことになっています」

「地球へ？」シロタは驚いて問い返した。

「いったい、地球へ行って、どうするというのです」

シニュームは謎のような微笑を浮かべた。

「エスピーヌンを今、いちばんよく知っているのは私です。例のドリーム保険の仲間と一緒になって、地球の世論形成のために、地球人と接触を持つ訳です」

「接触？」

忌わしい連想を振り払いながらシロタは呟いた。

「例の実験をするのですか」

シニュームはかん高い声で笑いだした。その単調な響は、はじめてシロタがエリダヌ植民地に着いた時の事を思い出させた。

「そんな事はしません。なぜ、エスピーヌンが性について、ああしたタブーのような観念を持っていたのか、少しでしょうが今では私にも判ります」

「それは、命令なんですね？」

「ええ。私の身体の変調を認め、エスピーヌン化しつつあることを認めた政策島が、この判断をしたのです。はじめは私は植民地へ帰る筈でした。でも、今ではエスピーヌへ行く方が適性配置だと判断されたのです」

シロタはこのエリダヌ人が気の毒になった。

「そうですか」

いくら長年月かけて抑制しても、所詮本能は本能だ。シロタとの行為が、彼女のそうした内面を引き出したのだろう。あれだけの生活で、シニュームの内部均衡は崩れつつあるのか。シロタはじっとシニュームを見た。

濃い影が二人から落ちていた。

シロタは、シニュームの手を握り、それから衝動的に彼女の頬に接吻した。自分でも予期しなかった行為だった。彼はこのエリダヌ人にそれほどの好意は持っていないのだとみずから信じていたからである。

と、どうしたはずみか、シニュームはぱっと赤くなったのだ。

シニュームは狼狽したらしい。

「どうしたのだろう。これは、羞恥の表現では……」

そう、既にシニュームの均衡が崩れたいまでは、彼女は自発的に復性のコースを辿《たど》っていたのだ。やがてシニュームはエリダヌ的エスピーヌンに化けるだろう。そうシロタは思った。が、それと同時に、そうした現象を招き寄せた自分の行為に対しても腑《ふ》におちないところがあった。

彼は不器用にささやいた。

「また会いましょう」

「さあ」

ちょっとした沈黙。シニュームはやおら口を開いた。

「確率はかなり低いでしょうが、可能性はあるようです。それに期待しましょう」

それが、シニュームの最大限の表現だったろう。

「次!」

スピーカーが叫び立てている。

「次!　エスピーヌン1号の番だ。早く、早く」

「じゃ」

シロタは右手をあげた。それから瞬送装置にむかって、小走りに急ぐ。

眩しいような空間が、しだいに二人の間を埋めて行った。

シロタは一度も振り返らなかった。シニュームの視線が背中に灼きついているのではないかというかすかな期待があったからこそ、決して振り返らなかった。

シロタにあっては感情からはじまって、直接の接触に進む異性間コースを、シニュームは完全に逆の方向に走ったのだった。それが判った時には意義がなくなる一連のドラマだった。

もう考えるのは止《よ》そう。シロタは心持ち強くタラップを鳴らすと、瞬送装置台の入口をくぐって行った。

9　イースター・ゾーン

暗い大きな太陽が、基地の斜め上に懸っている。それを見るとシロタはまた気が滅入《めい》るのだった。ここはラムーの第二惑星ケドロニン。十七時間の昼夜、地球時間で九か月の公転周期を持つ世界である。

工作隊の基地は、既に建設されていた建物を利用して築かれ、今はその影が沼沢の多い草原に投げられている。

ここへ到着した日、シロタは思いがけないものを見た。他でもない、地球人類の光子ロケットだ。

いつ、到着したのか知れない。ともかく、シロタがエリダヌ星へ行っていた間にも、そのロケットは亜光速度で宇宙空間を飛んでいたのだろう。

そのロケットは、シロタに割当てられた小さい箱のような住居の窓からよく見えた。軟着陸は人工頭脳が行なうのだが、計算に少し狂いがあったと見えて、噴射孔の半分は沼にかかって、やや傾いて立っていた。

勿論、人間はロケットから出ていない。冷凍睡眠状態にある技術者たちは、時がくるまで眠り続け、自動覚醒装置が働くまで、決して起きないのだ。

あの中に、百六十年前に進発した技術者たちが眠っている！　彼らは目ざめて、この基地を見た時、どう感じるだろう。暗い大きな太陽が浮かぶこの惑星、地球からさいはてのこの地に足をおろす前に、大気の状態を調べる。居住可能な状態であることを知って喜び、早速連絡をとろうとするに違いない。だが、しかしその電波は百六十年もかかって地球に達するのだ。シロタは尊敬と同情を禁じ得なかった。

が、ともかく、パイオニアたちはまだ眠っている。シロタにはそれにかかわっている暇はなかった。仕事があったのだ。

彼は簡易気閘《きこう》をひらくと、基地の会議所へ出掛けて行った。地球やエリダヌと違い、ここの大気には酸素が多すぎる。住居はむしろその含有率を下げねばならないほどだ。草原のところどころにある地肌がみな赤いのは、あながち太陽の色のせいばかりではなく、酸化鉄のためもあるのだった。

会議所には、明日出発の班が待っていた。

「どうも、お待たせして……」

「やあ。今、第三派遣隊から連絡員が戻ってきたところだ」

「どうですか」

「駄目だね。主要植民星へ行ったんだが、そこの住民には、地球を動かす力はないようだ」

「そりゃそうでしょう。あなたがたは、前から体制と支配について、どうも解っていないようだった。地球人類を統《す》べているのは地球に住む人々ですよ。植民星は単に出先機関を持つだけだ」

「そういうことらしいな」

「それより、対エリダヌ人工作の方はどうなんです。前に言った方法をとりましたか」

「ああ、あれはうまくいってるようだ。地球で広告ちゅうだよ」

「どうやって」

「ドリーム保険さ。それしか足がかりがないんだ」

「あれはもう、目的を達成した以上、閉鎖したんじゃないんですか？」

「いやいや、そんなことはしない。相変わらず業務を続けている。足場は大切にしなきゃ」

「なるほど。で、広告の方法は？」

「それが、名案なんだ。すくなくともわれわれはそう思うね。エスピーヌンのとる方法のうち、ポスターというのを使っている。何でも、あれは出鱈目でいいようだから、楽だよ」

「出鱈目？　地球人のポスターが、ですか」

「そうだよ。他のポスターだって、必要なこと以外に、いろんな、説明のつかない図柄がいっぱい描かれているじゃないか」

「驚いたものだ。あんなにいろいろあるポスターから、美を感じるものが、ひとつもないというんですかね」

「われわれには判らんよ。不条理な色彩や線がいっぱいあるくせに、何の意味もないように思えるんだがね」

「どうも、わかってくれないようだな。でも、まあいい。それを、いったい、どうしたのです?」

「とにかく、ドリーム保険の広告として使うポスターのバックに、エリダヌ語で書いたんだよ。現実の状態を記し、協力を要請したのだ」

シロタは苦笑した。もしも地球人でエリダヌ語を解するものがいたら、気が変になるに違いない。夢が現実で、現実と信じているものが、夢のような桃源境なのだ。

「反応が、ぼつぼつあらわれて来た。が、それは傾向として見えるだけで、まだ特定の人物が名乗り出たわけではないが……」

「いいでしょう。その方はこちらの関係外だ。工作の方へ行きましょう」

彼らの前には大きな地球儀と、恒星分布図があった。

「どうだろうエスピーヌン」

班長の一人が提案する。

「エスピーヌのどこか一地点で、今まで彼らの知らなかった強力な爆発とか、事件とかをおこす」

「それで?」

「驚くエスピーヌンに、われわれは堂々と名乗りでる。銀河系にはこうした優れた種族がいるのだ、という訳だ。エスピーヌンはわれわれの力を信じ、進んで協力するだろう」

「まるで三文芝居だ。駄目ですよ。何ということだ」

頭をかかえるシロタに、エリダヌ人は妙な顔をした。

「駄目か」

「駄目ですよ。そんなことをしたら、地球人は気狂いのようになって、全銀河系を相手にして、見境いなく戦うでしょう」

そこへ、別の隊からの連絡が入ってきた。

「第五派遣隊帰着。少しばかりエスピーヌンに聞きたいんだが」

「エスピーヌン1号はここにいる」

「何でしょう」

「われわれは、きみの指示に従って、アフリカと呼ばれる大陸に降りた。あそこには行政機関があるというのでね。手始めに中央部へ行った。ところがどうだ。まだあんな野蛮人がいるのかね。一人は毒矢でやられたよ。呆れたもんだ」

「ああ、やっぱり判ってないんだな。エスピーヌンはまず平野に発達したと言ったのに」

「アフリカには、最も進取的なグループで成りたつ行政機関があるといったのは誰だい。それに、エリダヌでも、重要な機能管理所は必ず陸の中央にある」

「駄目だ。ああ。そこはねえ、天然記念地域なんですよ。未開の民族はそこへ集めて保護しているんだ。そんな所へのこのこ出掛けて行っちゃ、やられるのは当り前だ」

「記念地域?」

「そうですよ。どうしてぼくの言うとおりにしないんです」

「エスピーヌン1号、エスピーヌン1号」

また別の隊だ。着陸地点から発信しているらしい。

「われわれは連立会社の首脳会談に立ちあおうとした。会わせてくれないぜ。中級幹部連中が、気狂い呼ばわりして阻止するんだ」

「なるほど」

「なるほどもないもんだ。それから次にアカデミック総合大学の前に着陸した。そこでは成功だった」

「信じてくれたでしょう」

「確かにね。それに証拠もそろっているといった。ただ……」

「ただ、何です?」

「学会に出て発表するそうだ。それからでないと、世界に呼びかけることは出来ないという。あと半年ばかり待ってくれというんだ」

「そうだろうな」

「何とかしてくれよ。こんなにエスピーヌンがうるさい連中だとは、知らなかった」

妙な事だが、エリダヌ人が失敗するたびにシロタの評価はあがり、エスピーヌンの株があがるのだった。シロタはいっそ、彼らが失敗ばかりしてくれたらいいのにと、考えたほどである。

ともかく、一か月にわたる工作の結果、地球にはぼつぼつエリダヌ人のひきおこす現象に注目する者があらわれて来た。あちこちで混乱がおこっているということだし、銀河系にばらまかれた多くの高等生命のことも判ってきたらしい。

あとは、一般人の前に、その証拠を見せることだ。

エスピーヌの太陽系から近い恒星の太陽系へと、話はひろがってゆくらしい。エリダヌ人たちはここぞと、地球人に瞬送装置や跳航のことを公開した。それにドリーム保険の真相も。

「ただね、実際に送られた人間が戻らないことには話にならん。エスピーヌンたちはそういっているよ」

エリダヌ人たちはシロタにそう告げた。

だが、ここに、こうした情勢にもかかわらず、頑として沈黙を守っているグループがあった。長径五光年の狭い範囲にとじこもり、あえて人類の主流に加わらないイースター・ゾーンの人々である。

科学文明がどんどん発展し、一時、人間自身のアンバランスによる危機が来たとき、当時開拓されていた恒星間航法で、多くの人々が最も近い恒星へ走ったのだ。ケンタウルス座α星系の惑星がその目的地だった。その限りで彼らは先駆者といえた。

だが、そのあとがいけなかった。彼らは本質的には逃亡者であり、亡命者たちだった。普通の人類的生活に適応出来ない無能者でも、集合体となればかなりの力を発揮する。その上に、イースター・ゾーンはなおも多くの逃亡者を収容しているという噂だった。

勿論、地球との連絡もあれば、命令にも服従はする。しかし、そのやり方がことごとく意表に出てくるものだった。

恒星間航行のため、人員を要求すると、その根拠の説明を求め、移住の場所を求めると、訳の分らぬ移住資格試験を作りだす。地球にとっては、厄介な地域だった。だから、いつの間にかお互いの間は疎遠になり、今では彼らがどんな生活をしているのかも臆測の域を出ない状態になっている。

シロタ自身、かつてはそこへ逃亡しようかと思ったこともある。が、イースター・ゾーンの停滞性がそれを思い止まらせたのだ。何にせよ、一風変わった連中ばかりが寄ってたかって変な連合体を作りあげた別世界、それがイースター・ゾーンということになっていた。

そこの特徴として、ただひとつ、人類にとっての効用があった。それは、イースター・ゾーンを動かせる人間なら、どんな仕事でもやりとげられるという、ひとつの金言のようなものである。

これを放っておく手はなかった。また、地球人類をひとつの旗の下に集めねばならない現在、彼らの協力もかなり役に立つ筈だったのだ。

地球の方は今までどおり進めておいて、まずこの地域を傘下に入れよう。

そうシロタは決心した。そのためには自分が行かねばならないことも、むろん承知の上だった。

エリダヌ人の手におえる相手ではない。

「なぜあなたがそれほど、そのイースター・ゾーンを重視するのか、それが判らない。四百億のエスピーヌンの中の、わずか八億かそこらがそんなに重要なのかね」

そうエリダヌ人は言った。

シロタは彼らにひととおり、イースター・ゾーンのことを話してやった。宇宙とは征服すべき対象ではない。同化すべきものだと唱える人々。地球の物質文明はイースター・ゾーンの抵抗があって、いよいよ順調に発展したこと。地球文明というものが昔から対立によってのみ発達してきた事実などを。

「それに、イースター・ゾーンをひき入れることが、どれほどこの工作にプラスするか知れないんですよ。彼らはあまりに消極的だから、彼らを動かしさえすれば、地球の連中も信じざるを得ないという訳です」

「よく判らないが、やってみよう」

エリダヌ人たちは、彼の説に従った。彼らにすれば、今では手段の是非は言っておられなかったのだろう。留守の間、エリダヌ人たちは地球への働きかけを続けることを約束して、彼に十数名のエリダヌ工作員を同行させることにした。

またもや、あの不気味な跳航を経て、彼らはアルファ・ケンタウリ星系第二惑星に到着した。

ここにはイースター・ゾーン全体を統治する中央機関があるということを、シロタは聞いたことがあったからだ。

ここの太陽は黄色と赤の二星と、もうひとつ遠い赤色矮星《せきしょくわいせい》であるプロクシマとで、三重星になっている。

その、名だたる鎖国的政策にもかかわらず、ここの首都ラウナには、ちゃんと宙港があった。

艇を出てゆくエリダヌ人の中から、不信の声があがるのを、シロタは聞いた。いったい、どうしたというのだ。

だが、タラップを踏んで出て行った彼も、また呆れて周囲を見渡さねばならなかった。

これが都市か！

何ともはや貧弱な首都ではないか！

宙港にはたしかにラウナと書かれていた。

「エスピーヌン1号、これはどうしたことです？」

シロタはようやくわれに還った。

「ここが目的地さ。さあ行こう」

宙港から都内に出るためのコンベアーもなかったので、工作隊は徒歩で行くより仕方がなかった。

風景さえも、たしかに異質だった。低いビル、やたらに多い樹々。それが貧弱きわまる道路をはさんでいる。

宙港を出ると、放射路があり、苔のむした岩石を組んだ中に小さな噴水が揺れている。例えようもなくみすぼらしい、とシロタは思った。思いながらも、何故か、此処には心を休めるものがあるように感じた。あるいはここそが、彼の心の故郷なのではなかろうかといった、かすかな期待さえ湧いて来た。

が、同行のエリダヌ人にとっては、当然ながら、このラウナは野蛮な未開地としか感じられなかったのだろう。口々に、今度の工作の無意味さを立証しようとしていた。ぞろぞろと歩く一行は、驚いたことに、誰にも咎《とが》められなかった。標識に記された文字は公用語で、その限りでは地球と同じような印象を与える。

一行は統治部門のビル群の中へ入って行った。

「あなたがたが、もし、正統派と称する地球からの使者だったなら、われわれはこうした待遇はしないところですよ」

髭《ひげ》をはやした高官は、最高権者の部屋へ案内しながら、そう言った。

「地球はいま、完全合理主義に毒されているのです。われわれの立場についても、それをあるがままに容認しようとはせず、事あるたびに服従するか無視されるかを選べというんですがね。多元的同時存在という観念がないんですかな」

予想よりずっと、イースター・ゾーンの地球に対する反感は強いらしいと、シロタは考えた。

「われわれはあなたの噂を聞いてから、実は待っていたのです。われわれが人類集団の中で、ひとつの地位を得るチャンスがやっと来た訳ですからね」

「ここでも、もうわれわれの噂は聞こえているんですか」

「勿論です。案外、地球の人々よりも、われわれの方が、そうした事情に通じているかも知れませんよ。さあ、ここです」

観音びらきの巨きなドアが開かれると、一行の目の前には、数十人のきらびやかな男女が居並ぶ広間があった。その一番奥の、少し高い所に、最高権者がいた。まるで、古代史の東洋専制君主か、中世の宮廷のような風景だ。

しかし、最高権者はほがらかに手をあげると席を立って、気軽に一行の方へやって来た。

「お疲れでしょうな、さあ、ゆっくりして下さい。そこに椅子がありますから」

言われるままに坐ると、着飾った男女は輪になって、シロタらをとり囲んだ。

最高権者は白い長い髯《ひげ》を生やした老人だったが、眼光はきびしく、鋭かった。

「あなたがたの素姓はよく判ってます。用件もだいたい想像がつく。が、その前に、少しばかりお訊ねしたい。これは資格試験なのでな」

「資格試験?」シロタは面くらった。

「さよう。あらゆる地位がすべてその本人にふさわしいかどうか、必ず調べられるべきですからな。さあ」

最高権者は並んだ人々（それが貴族だとシロタは後で知った）の方に振りむいて、合図した。

たちまち一人が進み出ると、早口に訊ねてきた。

「宇宙はなにによって存在するや？」

エリダヌ人たちは呆れて質問者とシロタを凝視している。

そういうことか、シロタはにやりとすると答えた。

「自我により認識されるからでしょう」

質問者はひっこんだ。続いて若い女が進み出る。

次から次へと抽象的な質問が続き、シロタは平然と答えた。その答は、もし、あの万能サービスの社内でなら、あきらかに彼の失脚を招くようなものだったが、ここではかえって良かったらしい。間もなく最高権者は微笑すると、シロタに言った。

「結構です。あなたは充分に資格をお持ちです。われわれは直感を重んじますのでな」

「それは結構です」

「ゆえに、われわれはあなたの申し出を受け入れることになりましょう。あなた自身を信じることが出来ますので」

シロタは仰天した。が、この機会を措《お》いては、再び申し出のチャンスがあるかどうか判らない。

「私たちは今度の危機に際して、人類を救い出すべく努力していますが、このイースター・ゾーンにも協力してほしいのです。そのためには従来からの殻を多少とも破って頂かなくてはなりません」

広間の男女は頷いた。あんまり事がうまくゆくので、シロタは驚いたくらいだった。自分の持っていたあの性向が、ここで力を発揮するとは思ってもみなかった。

《もっと早く、この世界にくればよかった……》

しかし、考えてみると、もしシロタがただの逃亡者として、ここへやって来ていたのなら、こんな待遇を受ける筈がなかった。

一行は宿舎へ案内された。もうあとはここの統治者たちが、地球と連絡をとって、協力するのを待つばかりだった。仕事は終ったのだ。


「いったい、今日の出来事は、あれは何ですか？」

エリダヌ人たちはシロタにそう訊ねた。「何かの暗号なのですか？　彼らはあなたから何を見付けて信用したんです？」

「知らないね。しかし、ここの人々にとっては、あれで充分だったのだし、それで目的が達せられたのなら、それでいいじゃないか」

「しかし、その原因結果が判るまで、われわれは何の事か気になりますよ」

シロタは答えなかった。自分でも漠然としか判っていない事柄を、合理主義の鬼であるエリダヌ人に納得させることは不可能だった。

「それに、ここの統治者が決めたことを、他の人々は疑わないのだろうか」

別のエリダヌ人が言った。

「訳も分らずに命令に従うとでもいうのか」

「多分ね。それがイースター・ゾーンなのだろう」

「こうした妙なところが、われわれには判らないのだ。ただのエスピーヌンについてさえ謎だらけなのに、此処の住民ときたら、直感に憑かれた狂人なんだな」

「あるいはね。ともかく、われわれは明日この世界を案内してもらえるらしいから、その時にでも考えようじゃないか」

エリダヌ人たちは不得要領の儘うなずいた。彼らにとっては、また謎がひとつ増えたようなものだった。


翌日、工作隊一行は案内人に導かれて宿舎を出た。

極言すればこの世界の物質文明は、もうだいぶ長い間停滞していた。

「不必要な発達は、人間の精神に悪影響を与えますからね。われわれはそれが人間にとってプラスであるということを信じてからでなければ、ひとつの研究に着手しはしないのですよ」

案内人はそう言いながら、樹に囲まれた木造の家を指した。

「あれは、ある哲学者の家です。彼の場合、頑丈な建物の中に住むよりは、時間と共に朽ちてゆく建物の中に住む方が、自分の思想の発展に、ずっとプラスになると考えたのです」

エリダヌ人にとっては無論のこと、シロタにしても、この世界は意外な事実に満ちていた。しかし、彼はそれを無駄とは信じたくなかった。ひとつの不安を除いて……。

「で、あなたがたは、それで他の星々の文明と、もし協調しなければならないとしたら、やってゆく自信はありますか」

「無論ですとも」

案内人は断言した。「われわれは、もし必要と認めたら、どんな技術でも自分のものにしてみせますよ。われわれは事実よりも、可能性の方を尊びますからね」

「ほう」

「逆説的になりますが、われわれが今なお保持している芸術とか哲学とかいうものは、それが必要だからこそ、未だに残してあるのです。過去に向かってそれだけのことが出来る以上未来に対しても、それ相応の力は持っているつもりです」

ひととおり見学したシロタらは、案内人の言葉を信用せざるを得なかった。イースター・ゾーンこそは、雑多で時代離れしてはいるが、正にそれ自身ひとつの文明社会なのだった。そして、シロタらの来訪を契機として、今や人類の主流の中へ飛び込もうとしているのだった。

ただ一色の濃淡で描かれた絵画や、自然を摸《も》した庭などは、生命体がそれ自体を生んだ自然との同化を理想として行なわれているものなのだった。

ここの呼び名であるイースター・ゾーンの、そのいわれを、シロタはこの星に来て、はじめてくわしく聞くことができた。

イースターとはいうものの、地球の人々が漠然と考えている復活祭（何という古い言葉だろう）とは、何の関係もないのである。

イースターとは、本来、東洋を意味するイーストという単語から出たものらしい。そしてここに住む人々はイースタンと呼ばれ、それがいつかなまってイースターという言葉になったのだろうというのである。正確には誤りであるこの発音は、しかし、かえって、地球の東洋とは別のものだということがはっきりするだろうという理由から、そのまま、使われているというのだった。つまり、東方的な地域、あるいは空域ということになるのであろう。

たしかにここには、かつての西洋に対する東洋、物質文明に対する精神文明——というあの感覚が存在している。

古い昔、人類がまだ地球上、それも北半球に歴史の主役を負わせていた頃、物質文明を基とする西洋文化は、表面的に東洋を圧倒しながら、いつか、その精神面から多くの影響を受けたのだ。

無論、現代のイースター・ゾーンはそうした単純なものではない。多くの亡命者、偏執者を含むその住民が、昔の東洋人の裔《すえ》だというのではなかった。が、つまるところ、その志向するものが似ていたのだ。

人間の心の深奥にあるもの、象徴化されたもの、片鱗で全体を示すもの。これらは見ようによっては、非合理で不可能なことであったが、イースター・ゾーンにおいては、それが目標になっていた。

精神が肉体に変化を及ぼすことぐらいは、人類の主流派の人々はよく知っている。ただそれがヨガなどという形で示されたとき、もはやイースター・ゾーンでしか扱えないものになるのである。

彼らが瞬送に対して示した興味は、エリダヌ人をひどく驚かした。みずからの技術をこえる物に対しては簡単に服従する主流派の連中に比べ、ここの人々は何と変わっているのだろう。

「彼らはいったいどういうことだ。なまの食物をそのまま食べるくせに、念力についての研究は素晴らしいではないか」

そう、エリダヌ人は言うのだった。

シロタには何か判るような気がした。何故だか、それは知らない。しかし、もしイースター・ゾーンがなかったなら、地球人類の進む方向はたしかに少しは変わっていたであろうことは、はっきり断言できることだった。

彼らは数日の滞在ののち、ラウナ市内で開かれた宴会に臨んだ。これを最後に、またケドロニンに帰らなくてはならないのだ。

イースター・ゾーンは、エイバアトと戦うために、総力をあげることを約し、準備を整えはじめていた。イースター・ゾーンを動かすことに成功すれば、地球での仕事がずっとやりやすくなる。そんな計算でやって来たシロタだったが、これほど旨くゆくとは思ってもみなかった。ここの人々にとって、シロタが直接やってくるということが、きわめて象徴的な事件であり、それだけで充分だと、誰が予測できただろう。

イースター・ゾーンの貴族たちや、ここから編成される戦団の指揮者たちと同席して自然食品をかじりながら、シロタは雑談に時をすごした。ここへ到着した時から訳が分らずにシロタについて歩くだけだったエリダヌ人たちは、今でもこうした食事に馴染みきることが出来ず、携帯して来た合成食品を食べている。

「さて……と」

イースター・ゾーン戦団長の地位にあるタルイという中年の男が話しはじめた。彼は皿から青い野菜をつかむと、そのままかじっていた。エリダヌ人の中には嘔吐をこらえるために席を立つものさえあった。

タルイは気にもせずにつづける。

「ともかく、われわれの聞き知っていた事柄と、あなたの言う事柄とはよく符合するが、例のエイバアトと戦うためには、地球側も今までのような軍団連合の形では駄目でしょう。どうしても一本の命令で手足の如く動く大戦団を作りあげる必要があります。もし、シロタさん、あなたにそれが可能なのだったら、地球戦団を作りあげるように、声をかけて下さらんか。そして、出来るならわれわれもその中の一指揮官として働きたい。イースター・ゾーンの軍団がかたまって動くのでは今までのように地球勢に無視されるのが落ちだろうし、われわれとしても張り合いがないのですよ」

他の貴族たちも頷いたので、シロタはそうしようと約束した。ここの戦士たちが無鉄砲な勇猛さを持っていることは、今までこれだけ狭い地域にとじこもりながら、支配圏を奪われず独立して来たことからも推測出来る。地球側にとっても、この連中を加えることは決してマイナスにはならないだろう。

ともかく、この旅行で、シロタはまた株をあげたことになった。エリダヌ人たちに対する発言力は強くなり、その上、おそらく地球の人々にしても、イースター・ゾーンを動かしたということで、英雄扱いされるだろう。

いやな話だが、とシロタは考えた。自分をシンボルとして人類が結集出来るのなら、やらなくてはなるまい。

ひとつは片づいた。あとのひとつ、地球の側からの反応を、一点に集めて間に合わせる仕事が残っている……。

一行は黙々としてこの星に別れを告げた。

10　エスピーヌンたち

いまや、シロタは自信満々だった。彼にはイースター・ゾーンの後押しと、エリダヌ人の科学力があったのだ。

目的のためには、あらゆる手段がとられねばならなかった。

地球は混乱していた。今までの精神的に絶対な人類唯一観が崩れるとともに、新しい宇宙観がおころうとしていた。それはひとつの結集した力になろうとしていた。

あと、一押しだ。ケドロニンの一千名は、くらい大きな太陽が昇ったり沈んだりするのを見ながら、頑張り続けた。

情報は刻々と入ってくる。エイバアトはハイナンタ族を叩き潰し、カラミンにかかっていた。もともとロボットだけに固定した観念にしばられたカラミン族は、エイバアトにもろくも敗れ、母星を捨てて銀河系の外へ向かった。続いて弗素生命体が立ちむかっている。

が、これも時間の問題だ。シロタがエリダヌンの政策島を出てから、既に六か月が過ぎようとしていた。

風が吹いている。それも冷えた、無慈悲な風だ。

カーリ・フルスは歩いていた。都市間ハイウェイでさえ大半が機能停止の状態になっており、残りは超満員だったからだ。近い所は歩くより仕方がないのだ。

どうしてこんなことになったのかしら。カーリは思う。あの、エリダヌ人とかいうのがやってくるようになってから、人々は騒ぎたてて、仕事をしなくなったみたい。

それに、超一流の会社までが、なんだか傾いたような感じだった。

外套《がいとう》が、風にはためいて、カーリは首をすくめた。淡い自分の影の上を、ごみが転がってゆく。

ドリーム保険の社屋は眼前にあった。

《いったい、わたしは何のために、こんなことをしているのかしら。ただ本気になってくれたというだけで、いつまであの人に惹かれているんだろう》

彼女は玄関に立った。周囲には人影もない。ここがエリダヌ人によって経営されているということが公表された時、馬鹿な連中が石を投げたり暴れたりして、それ以来営業は停止されている。それに、エリダヌ人がいる場所へ普通の人々は近寄らなかった。

《今日も、誰も出てこないのかしら》

玄関の横には、また新しいポスターが貼られている。彼女はそんなものには目もくれなかった。

「今日、シロタ・レイヨは帰って来ませんか」

そう訊ねるのだ。返事はいつも決まっていたし、この頃は滅多に出てくる者もない。

《わたし、本当に、少しおかしいのかも知れないわ》

カーリは時々、そう考える。当り前に第九号都市に通い、そこでデザインの仕事をして帰り道に此処へ寄って行く。まるで一種のパラノイアだ。

彼女は自分の母に、恋とか愛の話を聞かされていた。もうそんなものはなくなってゆくと思うけれど。母はよくそう言っていた。カーリはしかし、それを期待した。期待しすぎたのかも知れない。でないと、シロタに対するこの気持は、まさに狂人のそれである。

今日も、誰も出てはこない。きっと、ここのエリダヌ人たちは、あちこち飛びまわるのに忙しいのだろう。

帰ろう。そう思いながら、ふと、さっきの新しいポスターに目をやって、彼女は「あ」と小さく叫び声をあげた。

そこに、シロタ・レイヨがいたからである。相変わらずひたむきな瞳、やや痩せた頬。よく出来た写真だ。

カーリはその下に書かれた文章を、急いで読んだ。

《地球の人々に告ぐ》

彼女はちょっと笑った。地球の人々だなんて。ポケットから手を出して、ひらひらするポスターの端を押さえる。

だが、読み進んでゆくにつれて、カーリの頬はこわばっていった。

シロタ・レイヨは、地球人であり、万能サービス連立会社にいた。記録を調べればよくわかる。

《シロタ・レイヨは地球と人間の危機を感じるや、エリダヌ人と相談して、銀河連邦を立て直すために、エリダヌへ瞬送を願い出た。

諸君、事実なのだ。銀河連邦は実在し、高等生物は掃いて捨てるほどいる。

今、立ちあがらなければ、地球もまた一つの死の星になってしまうだろう。

私は決して英雄になりたいのではない。だが、危機を告げているだけだ。

団結しよう。地球連邦のもとに。今や連邦も決心した。諸君の中で、この地球のために戦うもの、働くものは連邦に申し出よ。組織化は、連邦でしてくれるだろう……》

嘘だわ。カーリは思う。あの人が危機を知って、エリダヌへ行ったなんて。あの人は私とつきあっていたので辞めさせられただけなのに……。可哀想なシロタ、うまく利用されて。

それと同時に、カーリの胸中には、かつてフィッツギボンと共に暮らそうとして、誰にも言えないような屈辱を受けたことが、ふっと浮かんで来た。

かつては、そのために万能サービスを、それに所属していたシロタまでを、憎もうとしていたのだが……。

今は違う。あの人は許してくれるだろうかということだけが、気懸りだった。

でも……。

カーリはくるりと向きを変え、今度は風の方にむかって、小きざみに歩き出す。葉を一枚もつけていない樹々が、ほんの五、六本、両側で風に鳴っていた。

惑星ケドロニンの、一千名は基地撤去にとりかかっていた。

巨きな太陽が、地平線に半分残っている。それは未練げに沼や池を舐めるように照らしていた。

「おーい、エスピーヌン1号」

シロタは、その声に叫び返す。彼はいつまでたってもエスピーヌン1号なのだ。

「この、光子ロケットは、どうするんだ」

「どれ」

「エスピーヌンの技術者のさ。われわれの手で、睡眠をさましてやろうか」

「いや」

シロタは反射的に答えた。「いや、いいだろう。眼ざめた頃は、ここもエスピーヌンの町が出来ているよ。さぞ驚くだろうな」

これは復讐だ。シロタは思う。夕日を受けて斜めになったロケットは、何と古風に、何と孤独に見えただろう。

「急げよ」

「ああ」

もう、ここでの仕事は大半が終っていた。地球では新しい体制が生まれつつあり、あとは彼らが地球連邦の下で戦団を作りあげるだけの話だ。

泥にちょっと足をとられ、シロタはよろめいた。何だか、急にぐったりとなったように思える。疲れたんだな。彼は軽く首を振ると走りだす。これから、またエリダヌへ行くのだ。イースター・ゾーンの将兵は地球へ行き、そこで組織される地球戦団に加わるようになる筈だった。彼ら自身の発案によって、それらの将軍たちは、シロタの推せん状を携《たずさ》えていた。

それは、あたかも、必然的な激動と推移の時代のように見えた。ひとつの事象に次の現象が続いた。地球人類は嵐にゆれる船のように翻弄されながら挙げてひとつの目標を作り出してゆくように思えた。しかし、この裏に多くの人々がいたこと、就中《なかんずく》、シロタ・レイヨや一千人のエリダヌ人や、イースター・ゾーンやらの意識的な推進がなかったら、混乱はもっともっと続いていたであろう。

幸いなことに、混乱は間もなく静まり、エスピーヌ・エリダヌ同盟が結成されると、全人類は着々と体制を整えていった。

地球戦団。

いままで人類史上に組織されたもののうちこれは最大規模の軍団だった。夜を日についで、宇宙船が建造され、訓練が続けられていた。時間は飛び去るように過ぎた。

万能サービス連立会社第四五ルーム・サブリーダーのフィッツギボンは、最上級ルームの要員の前で、むつかしい顔をしていた。

「知ってのとおり」

と要員は言った。

「わが人類が未曾有の危機に直面しているのは言うまでもないことだ」

フィッツギボンは頷く。彼は少しばかり不安だった。要員はやや声を低める。

「が、勿論、われわれは自社が倒産するような事態を第一に警戒しなければならない。きみは優秀だ。だから、こうした危機を回避するにもきわめて適切ではないかと思う」

「はあ」

「今度の地球圏防衛のため、わが社は多くの部門を縮小せざるを得なかった。止むを得ないことだが、われわれは巻返しを図る必要がある。今度の全面戦争において、終了後のための手を打っておくこと。これだ。

で、現在編成中の地球戦団には、管理能力のある社員を数百名参加させるよう、連邦から要請があった。われわれはきみをそのチーフとして任命する」

「早くいえば、戦いに参加して、常に自社拡張のため手を打ちつづけるということだ」

ルーム・リーダーが言い添える。

「わかりました」頭を下げたフィッツギボンはしかし、ちょっと妙な顔をした。

「今度の戦いに、われわれが勝つ保証はあるのでしょうか」

「フィッツギボン！」と要員。

「われわれの政策を決定する人工頭脳は、そうした仮説は出さなかったぞ」

フィッツギボンは黙った。最高能力者が決めたことだ。彼は社員だった。えり抜きの社員なのだった。

「それから」

要員は今度はおだやかに、つけ加える。

「戦団長はいま、人選中だ。英雄シロタ・レイヨもその決定に一役買っているらしいから、多分いい人間が選ばれるだろう」

「英雄シロタ、ですか」思わず視線が反抗的なものになるのを抑えることが出来なかった。

「あ、そうそう」

要員が言った。「シロタ・レイヨはきみの前の部下だったんだって？」

「そうです」

「じゃ、言っておくが、その時分のシロタ・レイヨは仮面を冠《かぶ》っていたのだ。だから、その頃のシロタに対する気持は、清算してもらわなければならん。あの頃、彼はわざと愚鈍な人間になっていたのだよ」

「……わかりました」

フィッツギボンは薄い、歪んだ笑みを口辺に浮かべると、頭を下げた。

「変わった男だな」ルーム・リーダーがちょっと感心したような感想を洩らしたが、フィッツギボンの方は、もう何も言わなかった。

「ああ、それからね」

ルーム・リーダーが、またつけ加え、フィッツギボンは真面目な眼をあげた。

「銀河情勢についての説明会が、明後日の夕方に十一号都市で開かれるのだが……」

「ええ、知っています。あれはわれわれの下のルームの仕事でした」

「そう。そこで、講師になるエリダヌ人と、前もって打合せをしておく必要があるがね」

「判っております。エリダヌ人と直接話しあおうという人間がいませんので、私が自分で会うつもりです」

要員も、ルーム・リーダーも満足げに頷いた。リーダーが言う。

「その説明会が済んでから、戦団の方への編入手続きをとったらいいだろう」

フィッツギボンは軽く頭を下げた。


無敵と呼ばれた地球の各軍団だったが、今度の統括戦団長の人選は、実のところ難航していた。非常体制確立委員会は、過去二十年間の各軍団の実績を調べ、そのうちの優秀な十三名の軍団長を候補にあげた。おそらく激烈な競争がおこるだろうというのが専《もっぱ》らの噂だった。

召集を受けて参集した十三名はしかし、いずれも落着かず、少しいらいらしているようだった。委員たちが現れた時、軍団長らは宇宙の中で鍛えられた眼をあげた。華美な軍帽、宇宙服の上から羽おられた色とりどりのマント。さすがに、勇名とどろく人々と見えた。

委員長が進み出た。

「ご存知の通り、この会合の内容は一切外部には洩らさないことになっています。一般には、結果だけが知らされますから、その間の経過の秘密は守られます。

あなたがたはいずれも優秀で、時代の脚光を浴びた名将ばかりです。勿論われわれはあなたがたの中から任意に一名を選ぶことも出来ました。が、人工頭脳はあなたがた十三名に関して、非常によく似たデータを示しました。そうなるとあとは個人的な意志の強弱だけが問題になります。今度の戦いは人類の死命を決するものですから、単に命令だけで任命する訳にはゆかないのです……」

将軍たちは黙っていた。

「前代未聞の大戦団の指揮のむずかしさについては、あなたがたの方がよくご存知でしょう。どうでしょう、どなたか、成算のある方はありませんか」

答はなかった。別の委員が進み出た。

「まさか、引き受けられないというのではないでしょうね」

一人の軍団長が顔をあげた。鷲《わし》に似た風貌の、有名な将軍だった。

「残念ですが、そうなんです」

「何ですって？　まさか」

「いや、本当です」将軍は静かに言った。「一時の勇気に任せて、この大戦団を指揮するのは簡単です。しかし、戦いというのはそんなにやさしくはありません。まず第一に、私は敵の実体を知らない。その次に、自分が持つべき戦団をまだ把握していないし、その時間もない。古いことわざに、敵を知らず己を知らざれば百戦全敗という言葉があるとおり、自信がないのです」

委員は蒼い顔をして、じっとその将軍をみつめていたが、つと、視線を流すと、端の、もっとも若い軍団長に向けた。

「ライニーさん、あなたは？」

ライニーは自嘲の笑いを浮かべた。「駄目です」

「駄目？　でもあなたは、エイバアトについての研究を相当されたというではありませんか」

「だからです。だからなのです。政策的にはどうか知りませんが、私がデータをそろえて分析したところ、勝ち味はほとんどありません。エイバアトには敵対し得ないのです」

「……ルプーナさんは」

「私には急対処の力があまりない。不可能ですよ」

「とは？」

「今度の戦いの相手は未知の要素だらけです。どんな事態がおこるか知れない。戦術定跡さえ、何の役にも立たないでしょう。どんな攻撃を受けるか知れない。それに対する急対処力は、とても私にはありません……」

事態はしだいに絶望的な様相を帯びつつあった。

だが、この事を公表する訳にはゆかなかった。戦団が動揺すればおしまいだ。委員たちは唇を嚙み、軍団長たちはうなだれていた。


フィッツギボンは机上の計算器を暫くいじっていたが、やおらエリダヌ人の方を向いた。

「よく出来ていますね。これがエリダヌでは使われているんですか」

エリダヌ人は知己を見つけたような表情になって、答えた。

「ええ。私たちは何とも思いませんがね」

「すばらしい。さすがは先進文明だ」

フィッツギボンはエリダヌ文明にすっかり魅せられてしまっていて、まだ説明会のための打合せもしていなかった。

「私はね、自分の世界のことでありながら、そのあまりな非合理性にやり切れなくなる時があるんですよ」

言いながら、彼は今の今まで気がつかなかったこと——相手のエリダヌ人の髪が長いことに気がついた。

「エリダヌンにも、男女の別があるんですか?」

エリダヌ人は笑った。「ありますとも」それからつけ加えて「でも、それをはっきりさせる人は少ないですが……」

フィッツギボンはまた、そのエリダヌ人の名前も聞いていなかったのに思い至った。「お名前は？」と彼は訊いた。

「名前？」エリダヌ人は小首を傾け、何かを思い出そうとしているふうだった。そして言った。「シニュームでいいわ」

しきりに何かが鳴っている。シロタ・レイヨは必死でその音を消そうと念じた。念じているうちに眼がさめた。

ここはエリダヌだったっけ。

「エスピーヌン1号！　エスピーヌン1号！」

呼出器が鳴っているのだ。シロタは慌てて返事をした。

「ただいま、エスピーヌ星から、書類が瞬送されて来た。至急と書かれている。どうするかね」

「そちらへ行こう。いいですか」

「結構、こちらはその部屋から二十メートルの所にある連絡室だ」

シロタが連絡室に入ると、眠そうなエリダヌ人が書類を差し出した。無理もない。夜明け前だ。

書類を見たシロタは呆れ果てた。いったい地球は何をしているんだ。英雄シロタ・レイヨへの依頼？　しかも戦団長を指名しろというのだ。

書類には候補者の名がずらりと並んでいたが、シロタには見覚えのないものばかりだった。彼は地球が誇る精鋭軍の有名な将軍の名を五名や六名は知っていた。それがここには見当たらない。

『もしもシロタ・レイヨの指名による戦団長という事になれば、士気はいっそうあがるものと考えます……』

そんな但し書までがついている。

こうなった以上、彼は何らかの責任をとらなければならない。仕方がなかった。誰だっていいではないか。彼の指は名簿の上を動いてゆき、止まった。その下に、リンゲ・サンという名があった。

まあいい。合理主義を唱える地球軍だ。戦団長に誰がなろうと同じではないか。組織がすべてを動かすだろうし、ここに書かれた名前の者は、いずれも実力を持っているのだろう。リンゲ・サン。いい名だ。これにしよう。シロタは瞬送連絡係の方に向き直った。

事実はそんな悠長なものではなかったのだ。高名な軍団長が辞退したあと、委員会は止むを得ず、次位の人々に話を持ちかけ、これにも逃げられた。

とうとう、委員会は戦団の中から希望者をつのるという不細工なことをしなければならなくなった。計算高くなく、しかも地球のためならという人々は山ほどいたからだ。

だから、絶対にこれはシロタの指名が必要だったのである。

何か、ただならぬ空気が、この都市の中にも漂っていた。

フィッツギボンとシニュームは並んでコンベアーに乗っていた。説明会は成功だった。

「……そうした実験で、私たちはエスピーヌンの本質の一部を捉えるのに成功しました」

これはシニュームだ。フィッツギボンはシロタ・レイヨに対する自分の印象が、やはりどこか違っていたのかと思わざるを得なかった。実験のために性行為を持てる……そうするとシロタにはたしかに英雄の素質があったのだ。

「勿論、エスピーヌンはこんな話はいやでしょうね」

「いいえ。立派だと思います」

「本当に?」

「本当に。それどころか、私自身、かつてはそうした事を試みたこともあります」

「エスピーヌンがですか?」

「ええ」

「聞かせて下さい」

そこでフィッツギボンは、少しみじめな笑いを浮かべながら、話しはじめた。恋人にカーリ・フルスというのがいたこと。その頃自分は会社の仕事で白鳥座六一番星のエンヌ族の心を摑む方法を考えなければならなかったこと。人体実験が必要であり、しかも、実験台がなかったため、涙をのんでカーリを催眠状態にして交渉を持たせたこと。

「勿論、私はその女に後続暗示をかけて、そうした事実はなかったと信じこむようにはしておくつもりだったんです。いくら尊い役割だといっても、当人が知ったら自殺しかねなかったでしょうから……」

シニュームは頷く。エリダヌ人には実によく彼の気持が判るのだ。フィッツギボンは憑かれたように話し続けた。

「そして、失敗したのです。あの女はふとした偶然で私の研究カードを見たのでした。気狂いのように暴れました。相手が低級生命体だから怒ったのだろうと思いますが……」

二人の気持はしだいに近づいて行くようだった。ここまで判ってくれる女が地球にいるだろうかとフィッツギボンは考える。あれほど真面目に純粋に、悩み抜いた末にやった事が、誰にも判ってもらえなかったのだ……。そう、このシニュームは判ってくれる。

よく似た魂なんだ、とフィッツギボンは考える。無論、彼女の単なる実験の相手に過ぎなかったシロタに対して、彼は何とも感じなかった。

中央宇宙空港。

月がやや湿って浮いている。

無数の直立する金属体と、それをとりかこむ巨大な装置があった。いずれも放射光にぎらぎらと光っている。

地球圏の総力をあげた瞬送装置、重力場推進艇が堂々と並んでいた。ついこの間までの光子ロケットは、今は空港の片隅に押しやられて人影もまばらだ。

地球圏の基地のうち、ここは最大のものだった。勿論いくつかの星ではそれぞれの力を集めて戦闘艇の建造にかかっているが、本家地球に及ぶものはない。

司令塔の大きな椅子に腰をおろした戦団長リンゲ・サンは、ほっと、深い息をついた。今、地球連邦のリーダーたちが帰ったところなのだ。

——勝算はあるかね。エイバアトというのは凄いらしいじゃないか。

彼らは口をそろえて訊ねたが、リンゲ・サンは決して楽観的なことは言わなかった。

——わかりません。私はただ全力をあげるだけです。エイバアト？　さあ、その生物を見ることはおそらくありますまい。これは宇宙戦争なんですぞ。

彼はいったん信念を持つと、実に頑固だった。

《総勢一億か。勿論この中には四千万の亜人間が含まれているが、それにしても二千人乗りの艇百隻、四百人乗りの艇二千隻を主力としたこの戦団は、もう二度と作られないだろう》

だが、この地球戦団さえ、反エイバアト軍の先鋒であり、銀河規模で見た時には、単なる一隊にすぎないことを、リンゲ・サンは熟知していた。あまり考えたくはない事だったが……。

ブザーが鳴り、彼は顔をあげる。そこには少し背の低い、眼光を抜きにすれば老人とさえいえそうな男が立っていた。

「タルイです」

と、男は名乗り、リンゲ・サンは「おお」と叫んだ。

「今朝聞きました。副戦団長に任命された方ですな」

「お役にたてるかどうか……」

と、タルイは微笑した。「何しろ、イースター・ゾーンからまぎれ込んで来た人間なんですからな」

「いや、助けてもらいますよ。勘定高い軍団長連中はみんな逃げて、地球戦団を背負うことになったわれわれは事ごとに能力を疑われるような始末ですからな。われわれとても専門の軍人なのだから、信じてくれてもいい筈なんですが。英雄シロタの指名だけが、われわれの人気を支えているようなものですよ」

「全く」

「とにかく、全力をあげるだけです。お互いに頑張りましょう」

イースター・ゾーンの筆頭将軍は自信をもって微笑しただけである。

とにもかくにも、地球戦団はしだいに戦団らしくなっていっていた。リンゲ・サンの狂信的熱意のせいも多分にあったが……。

カーリには、シロタが英雄であるとは信じられなかった。地球の力を集めるひとつのシンボルとしてのシロタ・レイヨ。それはカーリには全く考えられないものだった。

もし、シロタが帰ってきたら、とカーリは考えた。はたしてもとのシロタだろうか。いや、シロタ・レイヨそのものであるのだろうか。

彼女が愛したのは英雄シロタではなかった。ある企業に勤める、少し偏屈だが真面目でおだやかな青年シロタなのだった。

もう、わたしには、シロタは愛せないのじゃないかしら。あの人は随分遠くへ行ってしまった。わたしからではなく、わたしの心の中で……。

それに、カーリは、英雄シロタが人類の特質を示すために、みずから行なった『実験』の話を聞いていた。

《本当かしら、まさか、あの人が……。でも本当かも知れない。だけど、それがどうして偉いのだろう……》

するとまたカーリの心中には、フィッツギボンのために受けた屈辱が、かっと燃えあがるのだった。

彼女の心は右に、左にと揺れた。憎いシロタ・レイヨ。いや。だけどひょっとしたらわたしのことを許してくれるかもしれない。そしたら、わたしはあの人を許すかしら……。

ああもういや、とカーリは思う。もう過去なんてみんないらない。

でもね、どうしてこんなに好きになったのかしら……。

遠い所へ行ったあの人は、わたしの心の中でも遠く近く揺れているんだわ。さみしいこと……。

カーリはパネルをまわしながら、発色紙の上を自動ペンが滑ってゆくのをものうげに眺めていた。


「ひどいですなあ」

憮然とあごをなでるテクナに、連絡局長はにやにやと笑った。

「しょうがないぜ。今度の戦いは、報告が送られて、しかもそれを地球が受信出来たとしても、数万年さきになるだろう。未曾有の光景が展開されるというのにな。悪い事はいわんよ。行きたまえ、行きたまえ」

「あんまり性に合わないんですがねえ。誰か他の者にして下さいよ。光より速く飛ぶ大船団。おお、焼きつくす紅蓮の炎、大宇宙の真只中、栄光を守らんとして、今ぞ死闘を続ける人類よ幸あれ。ガンバレ人類、人類ガンバレってのは、あんまりいいネタじゃないでしょう」

「駄目かね」

「助けて下さいよ。その代り、エリダヌ星へ行ってもいいです」

「あんな所へかね。誰も行ってないというのに。本当かい」

「ええ、あそこには旧知がいるんです」

局長は変な顔をした。「旧知？　あそこには人類の旗手、シロタ・レイヨしかいない筈だがねえ」

「そのシロタですよ」

「こりゃ驚いた。本当か？」

「ええ」

「しかし、今、刊行されている彼の伝記の中には、そんな事は書いてなかったぞ」

「簡単な伝記だからですよ。ともかく私は知りあいなんです」

「じゃ決まった。船団随行は他の者にさせるとしよう」

汎太陽系連合通信社、オーストラリヤ局長は大きく頷くと、そう、テクナに言った。

事態はいよいよ緊迫の度を加えている。エイバアトの爆発的増殖力は、いまや全銀河を恐怖のどん底に叩き込んでいた。

弗素生命体の一族は一か月あまり抗戦しただけで、全滅に近い損害を受けた。

エイバアトの武器は、全銀河系に普遍的なエネルギー奪取弾だった。宇宙間において真空と絶対零度が支配する以上、生命とはエネルギーの塊である。そのエネルギーを奪いとって、自己増殖の力とするのだから彼我《ひが》の勢力均衡がいったん崩れると、その対比は幾何級数的に大きくなる。

更に、彼らを満載した大戦闘艇は、ただ戦闘のための全機能を備えていた。

彼らには空気はいらない。植物も、シリコーンも、更にはバクテリアもいらない。

ただ恒星のエネルギーと、彼ら自身の身体だけがあればよいのだ。彼らの身体は恰もひとつのエネルギー貯蔵室だった。

その上、絶対的な支配力を手に入れたエイバアト族は幾手にも分れて、銀河の中をひろがって行った。

ついに、椿事《ちんじ》がおこった。

エイバアトは銀河系第一の種族、ヒロソ人の支配圏を侵したのだ。勿論、彼らの第一陣、第二陣は次々と消滅して、ただのエネルギーに変えられた。

だが、無数の侵入者の前に、ヒロソ人の造物・滅物力は限度に達した。力至らずしてエイバアトに打ち砕かれるヒロソ人の数は増すばかりだった。

不滅の哲学種族ヒロソ人の敗北は銀河系諸種族の精神構造に致命的なショックを与えた。

もはや、銀河系内には正義も、倫理も、秩序もなかった。

弱肉強食。

銀河系第一位。さえぎるもののない猛種族エイバアト。

ついに、彼らは分隊の鋒先を、辺縁系種族にむけた。第三腕、第四腕の小種族をめざして、エイバアトの圧倒的大船団は、跳航を開始しようとしていた。

「エスピーヌン1号、エスピーヌン1号！」

声に、シロタはがばと跳ね起きた。

「応答用意完了」

「先鋒軍である地球戦団が到着した。全戦団はエリダヌンの外惑星ホロムニンにキャンプを張っている。エスピーヌン2号の方は、さっき行ったが、行くかね」

2号とは、テクナのことだ。エスピーヌン2号の方は、彼は十日前にやってくるとシロタと出会って、長い間話しあったものだ。

「行った方が良さそうですね。電波連絡はまどろこしくていけません。何か連絡法がありますか」

「何という事もない。瞬送にしたまえ」

シロタは急いで服を着ると、島の中央に駆けつけ、瞬送装置に乗って、五千万キロ離れたホロムニンに到着した。

舷窓《げんそう》ごしに、黒々とひろがる平野と、林立した重力場推進艇を見ながら、シロタは戦団長を待っていた。

「やあ、お待たせしました」

四十を少し過ぎたくらいの、不屈の意志を顔にあらわしている男が、ゆっくりと入って来ながら、挨拶する。

「シロタ・レイヨです」

シロタは頭を下げた。逃亡以来、本当の意味での地球人に会うのははじめてだ。

戦団長は微笑して、言った。

「これからエイバアトを迎え撃つつもりですが。ともかくお目にかかれて光栄です。それに、私を指名して下さったことは一生忘れないつもりです」

シロタはぽかんと口をあけた。自分があたかも伝説の人物であるように宣伝されているのは、よく知っていたが、まさかこれほどとは思っていなかったのだ。

リンゲ・サンは続けた。

「私も話に聞いていますよ、シロタさん。巧妙な方法で地球の危機を防ぐため、エリダヌ人と連絡をとり、地球を離れてはじめて行動に出た。そのために地球は提携という形で外部有力種族と接することが出来たのです。でなかったら、われわれは今頃どこかの奴隷になっていたでしょう。

それに、あなたがとった方法が、何と、疑いを避けるためだったんでしょうね、技術者の世界が嫌になったからと保険を利用して地球を出たんですからね。いや、全く驚くべきことです。深い考えとは、こうした事を指すんでしょうな」

シロタはあっけにとられた。だが、戦団長の顔は真面目だった。

うまくいった。こううまくいくものだろうかと考える前に、シロタはひどい羞恥を感じた。便宜上とはいえ、こうした方法は背徳的ではなかったか。

「それに、あなたは新しい意味での、個人の力というものを教えて下さった。われわれがあなたに感謝するのは当り前です」

シロタは唸った。個人の評価というものは、社会がどんなに発達しても、いや、すればするほど、本人とは別の所で作りあげられるということを、この時ほど感じたことはなかった。

「あ、それから、あなたはタルイという人の推せん状を書かれたのですね」

「ええ」

シロタは救われた思いで答える。

「あの方は、今、副戦団長として、第二号艇に乗っています。優秀な人ですな」

「そうでしょう」

シロタは少しおかしくなった。イースター・ゾーンの将軍がきわめて優秀……。奇妙な話ではないか。

「で、エイバアトを迎え撃つのは、地球戦団の何割ぐらいなんですか」

「まず、全軍、ですかな。地球親衛隊四十万以外は、全部ここに来ています。われわれが敗れれば、それまででしょう。何しろ一億の軍団ですからね」

「ほう」

「それに、われわれはエリダヌの技術を改良して、瞬送連絡装置を大型艇にとりつけるのに、成功しました。これがなければ、こんな大軍団の統制は不可能です」

「そうですか。やはりエスピーヌンは立派なものだ」

言いながら、シロタは、今では他種族の潰滅《かいめつ》のため、エリダヌ族が銀河三位、地球人が第十五位にあがったというニュースを思い出していた。

「ともかく、ご幸運を祈りますよ。私がついて行けないのが残念ですが」

「いや、いや、とんでもない」

リンゲ・サンは手を振った。「あなたに地球連邦から、エリダヌ大使任命のしらせが出た筈ですよ。ここで、われわれを待っていて下さい」

シロタはうなずいた。それからリンゲ・サンと握手する。戦いの経過は観測する方法がない。跳航、瞬送おりまぜにして戦われる一連のパノラマは、当事者以外、決して見ることが出来ないのだ。

「では」

シロタの言葉に、リンゲ・サンは、微笑を含んで、ゆっくりとうなずいた。

決戦の時は迫っていた。

11　地球戦団

ずっと昔は、出陣というものが華々しい儀式だった。旗をかかげ、戦鼓を鳴らし、足並そろえて城門を出て行ったという。

しかし、現代の宇宙戦には、そんなものは全く不必要だ。敵の意表をつき、新兵器を駆使する。無数の光が流れてゆくだけなのが普通である。もしも地球戦団を、高名の将軍が率いていたのなら、確実にそうなっただろう。

ところが、この前代未聞の大戦団は、そうした普通のやり方をとらなかった。いわば古代の復活だ。

惑星ホロムニンに集結していた、四連団からなる地球戦団は、四昼夜をかけて進発して行った。一連団は二十五軍団からなり、その軍団ひとつひとつの出発零時には小型原爆がいろどりを添えた。

エリダヌ星はちょうどその時、ホロムニンにやや近くの位置にあったので、正確に間隔を置いて過ぎゆく無数の光点を見ることが出来た。全船は重力制御による亜光速推進状態にあったから、ドップラー効果によって、流れる光は近寄るものと遠去かるものとの、みごとなパターンを画いた。正に堂々たる発進である。それはエリダヌ人の眼前にくりひろげられた荘厳な示威だった。

リンゲ・サンは第一連団の司令船に搭乗していた。最後尾まで約二光日という大戦隊はスクリーンからでは実体を把握出来ないので、連絡はいずれも艇間瞬送による通信方法をとっている。

地球戦団は重力場推進と跳航によって、銀河系星雲第三腕に沿ってしばらく進んだ。絶え間のない質量走査装置の活動が、行く手にまだ敵の影もあらわれていないことを示している。

ここはエリダヌ＝エスピーヌ防衛線の最後の関門のようなものだ。エイバアトの今までの攻撃法から考えて、彼らが迂回してくる可能性はまずなかった。彼らは目標を決めると単刀直入に進撃してくる。

最近の調査で、エイバアトはヒロソ群域を突破し、真直にこちらへやってくることが判っていた。とすると、彼らは核恒星系つまり銀河の中心から、こちらへ来るだろう。リンゲ・サンはそう考えた。彼は一連団をここにとどめると、思いきってエイバアトのむらがるであろう方向へ、戦団を跳航させた。

スクリーンに流れていた不規則な縞模様が褪せ、星々の列に戻ってゆくと、指令室の一同はほっと息をついた。

航星図から顔をあげた一人の参謀は、指を質量探知レーダーのボタンにかけたまま、呟いた。

「どうしたんだろう。奴ら、全然あらわれないな」

「そのうちあらわれるさ。焦ることはない」

リンゲ・サンはゆっくりと答えると、また瞳を統御タレーンにむける。

戦団の統制は完全にとれていた。絶えず往還する瞬送片が、全船無事に飛翔していることを保証している。

「しかし、不便な話ですな。跳航といってもやはり相当時間がかかるのだから、全戦団瞬送は出来ないんですかねえ」

別の参謀が言う。

「駄目だよ。瞬送は連絡用の小機器か、精神集注した者しか出来ないよ。われわれ全員を瞬送するためには、全員の意志を完全に一点に向かわせねばならない」

これは連絡担当責任者だ。さきの参謀は判り切ったように黙り込む。

ブザーが鳴った。記録要員室だ。

「戦団長、定時です。お待ちしています」

リンゲ・サンは舌打ちをすると、席を立って、指令室を出た。残った参謀たちは、それぞれ持場の機器を見守りながら話しあった。

「大丈夫だろうか」

「なにが」

「われわれの勝算さ。わが戦団長は正規の軍団長じゃなかったんだぜ」

「さあね。しかし、今頃、そんなことを言っても、始まるまい」

統制こそ完全だったが、百戦練磨の参謀たちの中に、リンゲ・サンの手腕に疑問を抱くものが少しぐらいいるのは止むを得ないことだった。

記録要員室に入ったリンゲ・サンは、立ちあがった要員の一番前にフィッツギボンがいるのを見て、またかという顔をした。

「どうですか、奴ら、まだ現われませんか」

「見込はどうです」

口々に問いかける要員たちを前に、リンゲ・サンは腰に手をあてた。

「まだだ。そんなに焦らなくっても、すぐに戦いは始まる」

「どうですかね。ひょっとすると、エイバアトは逃げたんじゃないですか」

これはフィッツギボンだ。戦団長は驚いて問い返した。「何故だ」

「われわれは史上最大の軍団でしょう。エイバアトだって、おそれをなしますよ」

「冗談じゃない。きみには何もわかっていないんだな」

吐き捨てるようにリンゲ・サンは答える。

「今回はそれだけだ。別に記録するほどの事はないよ」

言い終ると、彼はくるりと背を向けて、記録要員室を出て行こうとした。フィッツギボンが呼びとめる。

「戦団長、われわれは勝つのでしょう」

「どうして？　そんな事は判らんぞ」

「しかしですね、私が出発の時に調べたところでは、地球戦団は必ず勝つということだった」

リンゲ・サンは苦笑する。この時、戦団長が遅いのを気にしてやって来た連団長が代って返事をした。

「調べた？　なにで」

「決まってます。最高能力者、つまり人工頭脳でだ」

「人工頭脳？」

冷たい表情で、連団長が切り返す。

「人工頭脳にそんな予言は出来ないよ」

「どうしてです。人工頭脳こそ、人間にまさる予言者です。そんなことを言ってもいいのですか」

「フィッツギボン、黙りたまえ」

「いいえ。黙る訳にはゆきません」

「じゃ、言おう。きみが万能と信じている人工頭脳は、ここでは何の働きもしない。なぜなら、われわれはエイバアトについて殆んど何も知ってはいない。データはゼロに等しいんだ。それに対処する人工頭脳には、今までの絶対者ホモ・サピエンスと、低級と考えられてきた外部生命の記録しかない。未知のデータが多すぎる。それが判れば無論、人工頭脳は立派だよ。だが、それが判ってからでは遅いのだ」

フィッツギボンは黙ったが、その唇にはまだ残念そうな表情が残っていた。

「さ、行きましょう戦団長」連団長が言った。

「位置、しらせ！」

リンゲ・サンがどなる。

「NGC五一三九より、S、GE八〇、GD二五一。T、RP四〇二五」直ちに声が跳ね返ってくる。

リンゲ・サンの眼は光り、顔はいきいきとして来た。彼は宇宙の子だ。人間どうしの関係では、下手なつきあいしか出来ないが、いったんこうした状態に置かれると、白熱した力を持つのだ。指令室の中は緊張し、隙ひとつなくなった。

「これより戦団を三つに分ける。作戦第六十二号用意」

「六十二号用意します」

「第一団迂回進発！　第二団残留！　第三団跳航用意」

「用意よろし」

一連団の周辺迂回により、エイバアト母星付近へ、一連団はとどまる。そしてリンゲ・サンのいる主連団はそのまま直進するのだ。

スクリーンに、たちまち光の層が出来、圧縮されて流れた。

この時、エイバアト侵略軍は無数のひしめく大群となって、地球戦団の方向へ押し進んでいた。エネルギーを吸っては増殖する圧倒的な大軍。彼らの過ぎた跡はただ荒廃と、エイバアトの同質の大集団が残ってゆくばかりだ。

野蛮という言葉はこの場合、当て嵌《はま》らない。文化的とか野蛮とかいう概念は、種族が決める問題で、他種族にまで及ぼすことは出来ないのである。

エイバアトは高級種族だった。いや、強大な種族だった。

彼らは炭素―酸素系生命体など問題にもしていなかっただろう。既に彼らの前にヒロソ人もカラミン族も、ハイナンタ生命体も四散したではなかったか。

彼らは正確に、何者の制限も受けず、跳航に次ぐ跳航で、銀河を横断しつつあった。

思えば、この戦いこそ、地球人類にとって記念すべきものだった。ついこの間まで『万能』の光子ロケットを駆使し、征服にいとまなかった人類が、銀河系に普及したさまざまの武器を使って挑戦する。この限りでは素人《しろうと》も玄人《くろうと》もなかったのだ。あるのはただ、人類の恐るべき戦闘意欲だけだった。

……リンゲ・サンは眼をひらくと、次の瞬間、あっと立ちあがっていた。前方五十光年先に移動しつつある大質量を探知したからである。

「戦闘、用意」

「用意よろし」

非常ベルが鳴りだしていた。

「エイバアト発見。攻撃発射準備」

「攻撃弾発進用意完了」

来たか、いよいよ。

《作戦らしい作戦はない。ただ、頑張るだけだ》

指令室のランプが脈動するパターンとなっている。

接近しつつあった両軍は、しかし衝突しなかった。

地球戦団が質量を探知したその時、すでにエイバアトは次々と跳航に入っていたのだ。前方質量の消失と、空間歪度《わいど》の異常な揺れに驚いた戦団は、直ちに方向を逆に向けると、追撃に入った。

「残して来た船団が危いんだ。急げ！」

リンゲ・サンは叫んでいた。

はげしく変動する船内重力に、記録要員室の一同は、不安な瞳を交わしあった。

「出会うとは思っていなかったが……」

一人がぽつんと言い、フィッツギボンが嘲笑《あざわら》った。

「われわれはエイバアトと出会うために出陣して来たんじゃないか」

「判ってるさ。しかし、この広大な宇宙の中で、相対的にはゼロに等しい二つの勢力が出会うなど、確率から言っても不可能じゃないのかな」

「いや、そうじゃない。連続跳航をとる時に、二点を結ぶ線はただ一つしかないのだ。もしわれわれが、彼らの跳航以後に此処へ到着したのだったら、恐らく彼らと『すり抜けあった』ことを、知らずに終ったろう」

これは別の要員だった。

壁のランプがともり、ブザーが鳴る。

「跳航がはじまるらしいな」フィッツギボンが言った。

戦団がエイバアトの消失を知ってから、五分とたたぬうちに、全船はもとの方向への跳航に入っていた。

跳航の間は互いに直接攻撃は不可能だ。が、もしもエイバアトが空間の歪みを自在に動かす力を持っていれば、地球戦団は拡散するか、爆発して消滅する危険があった。

《しかし、まだエイバアトといえども、その段階に達していないだろう。どうせ、賭けなければ

ばならんのだ》

それよりも、エイバアトのコースの先にある、残してきた一連団が心配だ。タルイが指揮する二十五軍団は、第三腕の根元で静止している。エイバアトが虚無化したままそこを突き抜ければ、エリダヌ域は真正面から攻撃を受けるし、彼らがそこで跳航をいったん中断して静止すれば、真正面から衝突することになる。事態は最悪だった。リンゲ・サンにしてみれば、あのイースター・ゾーン出身のタルイを信頼してはいるものの、それでもやはり不安だった。間に合うだろうか。間に……。

リンゲ・サンはじっと唇を噛んだ。スクリーンは滝となって奔騰《ほんとう》している。

エリダヌ＝エスピーヌ防衛線の最後の関門で、タルイの率いる残留連団は、まともにエイバアトとぶつかった。

エイバアトにしても、おそらく、このあたりで一息いれると、いっきに炭素―酸素系族を襲う考えだったのだろう。

「前方、三光日さきに質量探知。大群です！」

「エイバアトだな」タルイは叫び返す。

「確率九九・四パーセント。なおも接近しつつあります」

「ど、どうして！」

計器から目を離したパイロットの一人が、うろたえてどなった。「どうして、主力軍とぶつからなかったんだろう」

「互いに別の空間にあったからだ。同じ線上にありながら、互いに無関係な二つの群は触れあわずにすり抜けることになる」

誰かがどなり返す。

「とにかく、奴ら、エイバアトに違いない。跳航は自動的に最も効率のよいコースを走るのだから、ひとつの距離では、ただ一線しかない。われわれの眼前にあらわれるのは当り前だ。不規則転位統制開始！」タルイは叫びながら計器盤の前に走り寄った。

両軍はわずか数光年の間隔につめより、一瞬にらみあった。

が、それと同時にエイバアトから発射されたエネルギー奪取弾は、闇黒の空間を突っ走っていた。少々の不規則転位ぐらいでは到底逃げられないくらい、大じかけの網だった。

「跳航指令」

「跳航」

「目標、エイバアト軸対称位置」

「発進！」

残留船団は同時に消えた。エイバアトのエネルギー奪取弾は亜光速でむなしく宙に去ってゆき、遠く遠く、速度をゆるめながら拡散した。

エイバアトの大群が扇形に並んだ。地球軍から発射された奪取弾が、その尖端《せんたん》を凍結させた。

しかし、それは大群の、ごく一部に過ぎなかった。

再び奪取弾の発射。だが、この時敵は地球軍と数光分の距離にあり、重力場推進で前進しながら、圧倒的な奪取弾を一度に放った。

「融合弾幕！」

地球側から無数の核融合弾が飛び出し、エイバアトの弾の前で爆発した。冷凍力と熱が正面からぶつかり、そのほとんどが中性微子となって散る。

第二次攻撃。そして応射。

両軍は錯雑し、個別戦となった。飛び違う光の流れと、闇黒と、爆発が重なりあっては犠牲者を生んだ。

スクリーンにぐっと迫ったうす桃色の怪物から、黒い幕が離れて飛んだ。

「射て！」

タルイは叫んだ。

「距離二光秒」

「報告！　単座艇の半数の連絡が絶えました」

「単座艇を自動不規則転位に切り換えさせろ」

二号艇内の変動する重力の中で、タルイは必死で命令を続けた。

「駄目です。重力制御装置が破壊されました」

誰かが叫んでいる。

「補助機関に切り換えろ。噴射推進!」

室内の機材が倒れては砕けた。この大宇宙艇の内部は混乱しかかっているのだ。

「他艇との連絡途絶!」

スクリーンの奥、噴射推進に切り換えた味方が、エイバアトの艇にぶつかってゆくのが見えた。

タルイの心中に、このラインを突破させてはおしまいだという想念が去来した。しかし、この儘では潰滅だ。すでに彼の連団は個別に捕捉されては攻撃を受けている。二十五の軍団が、どうなっているのか判らないが、連絡の方法とてなかったし、いずれも破壊されつつあるのは確かだった。圧倒的勢力を誇るエイバアトの前に、たかだか地球の二十五軍団など、何の役にも立たなかったのだ。

イースター・ゾーン……とタルイは狂気のようにパネルからパネル、計器から計器へと走りながら、考えた。やはりイースター・ゾーンは後進地域だと言われるのか。彼は指揮能力がないと言われたくなかった。これこそが恥の極致ではなかったか。

「敵が消えました」

声だ。「なに？」タルイは血走った眼をあげた。「どうしてだ」

別のスピーカーが叫んだ。「彼らは集結に入りつつあります。跳航に入るつもりと見えます」

「させてたまるか」

絶叫しながら彼は室の中央に突っ立った。彼の搭乗艇の機能は麻痺している。が、跳航能力だけは残っていた。

《このまま帰還はできない。帰還どころか、光速の十分の一以下での調整が出来ないのでは助かる見込みはないのだ》

彼の誇りと自尊心は、みずからの敗北と、エイバアトの勝利を許さなかった。

「エイバアトの集結、大半完了」

観測室から聞こえてくるのは肉声だ。

《畜生！》とタルイは思った。この空間域を墓場にして、逃げようというのか。そうはさせない。断じて！　イースター・ゾーンの魂を見せてやる。

反射的に、彼は命令した。

「跳航、用意」

「跳航用意します」不審げな響を帯びた復誦《ふくしょう》が戻ってくる。

「目標、エイバアト陣の中央！」

一瞬、艇内のあらゆる連絡の音が絶えた。タルイは目をつむり、復誦を待った。跳航中の物体の衝突は、恐ろしい大爆発となるのは周知の事実だったからだ。

「やろうぜ」誰の声か、半壊のスピーカーを通して聞こえた。連絡担当者は全装置を全開にした。わあっと喚声があがっていた。それはたちまち地球親衛隊の歌に変わっていった。耳が痛い絶叫のあつまりだった。

「用意、完了!」

パイロットが、皆の気持を代弁した。

「行くぞ!」とタルイ。「おう」と全艇が叫び返す。

エイバアトはこの時、全艇跳航に入ったのだ。

タルイはボタンを押した。彼は自分が幸福な指揮官だと確信していた。

白熱した虚無空間の中、エイバアト群が散乱した。すさまじい爆発だった。

しかも、連絡の絶えた地球軍の数百の艇が同じことをしていたのを、各々の艇の指揮官はついに知らなかった。

誰も予想しない事態だった。エイバアトですらも。地球人類以外には理解出来ない自爆だった。

エイバアトの残軍は跳航を諦めて、いったん後退した。

広大で無慈悲な空間に、破壊された艇の破片が音もなく散って行った。

衝突を避けるため、地球戦団の主力は小刻みに跳航を続けながら、引返していた。

「前方にエイバアト発見！」

各船のパイロットが叫んだ時、それぞれの通信員は必死で電波を傍受していた。ゆっくりと後退したエイバアトを飛び越え、無限空間にひろがってゆく、残留軍の最後の電波の断片なのだった。

リンゲ・サンはそうした電波のデータを瞬間的に分析・総合する装置から、忙しく作戦を練った。ある程度のデータはそろったのだ。

だが、全船団には異常な決意が固められつつあった。というのも、彼らの聞いた電波の殆んどは、「地球バンザイ」「アトハタノンダ」といったぐあいの、断末魔の送信だったからである。

リンゲ・サンももとより例外ではなかった。全船団を微速でエイバアトに接近させながら彼はすさまじい眼光で復讐を誓った。

《来い、エイバアト》

彼にはある成算が出来かかっていたのだ。今こそ全面的衝突——力対力で黒白を決する時だった。

エイバアトは地球勢を多少は見直したのに違いない。数光時という近距離にありながら、彼らは地球戦団の出方を待っているのか、何の攻撃も仕掛けてこなかった。

リンゲ・サンとその参謀たちはこの貴重な時間を最大限に生かすために、最後の作戦会議を開いていた。

「戦団長、それは無茶です」

一人の参謀が抗弁した。「われわれは高級種族に出会っているのですぞ」

「だからだ。そうじゃないか。普通の戦闘方法では駄目だ。われわれはエネルギー奪取弾は、エイバアト母星近傍でだけ使えばよいのだ。手持の奪取弾は、彼らの保有量と比べれば問題にならん。地球の伝統的武器を、どうしても使わねばならないのだ」

「しかし」と、参謀たち。

「戦団長、与エネルギー系の武器は、甚《はなは》だ不経済じゃないでしょうか。宇宙空間の中にある生命体を破壊するのは、やはり奪エネルギー系統の武器が本当です」

リンゲ・サンは鋭く部下たちを見た。

「ほかに策があるのか？　もし策がないのだったら、これで会議は終りだ。私とても、この作戦の欠陥は良く知っている。だが、他に何の方法があるというのだ」

沈黙があった。

「では、決めたぞ」

リンゲ・サンは連絡函《かん》を握り、指令を発し始めた。

各母船の連絡用瞬送片がめまぐるしく飛び交った。

母船から小型船へ、小型船から単座艇へ、命令はたちまちのうちに徹底した。

エネルギー奪取を主な武器とするエイバアトに対し、地球戦団は核融合を基とする与熱武器で戦うというのだった。

主力軍がエイバアトの正面軍と対峙し、残留軍は散乱した残骸と化して漂っていた頃、地球戦団の一部である別働隊は銀河系を大きく迂回して、エイバアトの母星へ近づきつつあった。本来、異種族間の争いは、理由が何であれ侵略か、または防衛のためにあり、したがって支配圏の確保が最大の目的となる。

ところが、エスピーヌンだけはそうではなかったのだ。エスピーヌンはいったん戦いを始めると、まず敵対種族それ自身に、いかにして打撃を与えるかを考える。何の得にもならない筈の、敵自身への攻撃に腐心する地球人の野蛮さは、しかし、貴重な要素だった。

別働隊はエイバアトの発祥惑星に惜しみなく光を注ぐA型太陽に近い地点に、忽然と姿を現わした。数千の宇宙船の横腹は熔融《ようゆう》に耐えて眩しく輝いた。

エイバアトの、完全に規格化された大宇宙船が殺到するのを巧みにかわしながら、彼らはノバ弾と呼ばれる恒星膨脹の強力な触媒を打ち込んだ。数日のちにはこの太陽は爆発して、新星と化する筈だ。無数のノバ弾は巨大なA型恒星に引かれて、忽《たちま》ちのうちに別働隊の視野から消え失せた。当たり外れのある筈はなかった。

しかし、結果を見ている暇はない。地球軍は即座に跳航して、銀河系の外へ離脱した。一部のエイバアトはこれを追おうとしたが、結局、諦めてしまった。

それは地味で凄惨な闘争だった。

エイバアトの方面軍と、地球戦団の主力は、互いに逆の武器で消耗戦を続けた。片やエネルギー奪取弾、片や核融合弾。

数光日の距離をおいて、両軍はむかい合ったまま、闘いを続けていた。

そのうちに、エイバアトの数はしだいに増えていった。他方面の軍が、この戦場に加わって来たのである。

別働隊がすぐに戻ってくる筈もなく、エリダヌ軍はあてにならないので地球戦団には、もう全く援軍はなかった。

地球戦団はエイバアトめざして、わずかに後退し、跳航した。それから暫く踏みとどまると、また後退した。

エイバアトが地球戦団を捨てて、他方面に移ろうとすると、リンゲ・サンは命令を出しては、執拗にエイバアトを攻撃した。

征服欲がすべてであるエイバアトは、しだいにこちらへ本腰を入れて来た。

敵が迫ってくると、地球戦団はまた後退して跳航した。エイバアトは追った。

じり、じりと、地球戦団はエイバアトを引っ張って、エイバアト母星へ近づいて行った。

フィッツギボンは記録要員室の隅で、戦記資料を整理しながら、ときどき眉をあげては何かを呟いていた。

他の要員も仕事に熱中していた。戦いの帰趨がいずれにむかうかについて、彼らは不安でたまらなかった。が、義務は義務だ。

それに、迂闊《うかつ》な事をいうと、すぐにフィッツギボンが反論してくる。それが面倒さに要員たちは自分から進んでこの戦いについての予想を述べあおうとはしなかったのだ。

フィッツギボンは、何故自分が孤立するようになったのかを考える前に、同僚の低俗さや、彼らが極めて目先の考えしか持とうとしないのに反感をおぼえるのだった。重苦しい引込作戦の日々、彼らの全体の神経を押し潰そうとしているかのようだった。

ドアが開いて、参謀の一人が入って来た。リンゲ・サンの指令は決定するまでは相当荒れたが、既にそれが実行されつつある時、妨害となるような行動をとる者は一人もいなかった。参謀たちは要するにエキスパートだったのだ。

だから、現在の地球戦団の行動に対する説明は、知らせる必要のない乗員には一切していなかった。

「今日のところ、戦況に変更はない。位置および融合弾使用量については、いつもの報告書をお渡しする」

参謀はそう言って、出て行こうとした。

「待って下さい」

「フィッツギボンかね。何だい」

「いったい、どういう事なんですか、今の状態は」

「だから言ったろう。言えないんだ」

「しかし、そんな馬鹿な話はない。私には言いたい事が山ほどあります。第一、私はここにいる他の連中のように白痴じゃないから、現在エイバアトとわれわれの位置や関係が、どうなっているかぐらいは計算すれば判るんだ」

「だったら結構な話じゃないか」

「ねえ、今の状態、これは何ですか、まるでエイバアトを養っているようなものじゃないですか。われわれは一生懸命で奴らにエネルギーを供給してやっているんですよ」

参謀は、不承不承にうなずき、フィッツギボンは勢い込んだ。

「ご存知でしょう。奴らはわれわれの熱を奪い続けている。その熱は始めのうちはともかく、この頃では奴らはわれわれの弾のエネルギーを楽しんでいるんですよ。ねえ、奴らの宇宙艇がどんどん増えているのに気づかないんですか。あなたがたは、奴らが他の方面から集まって来るのだと説明していますがね、私は違うと思う……」

参謀はぐっと眉根を寄せ、鋭く言った。

「来たまえ」

指令室の中へ引っ張り込まれたフィッツギボンは、もう威丈高《いたけだか》だった。

「少し、黙ってくれないか」

計器から眼を離し、リンゲ・サンがどなったが、フィッツギボンは口を閉じようとはしなかった。

「言うだけは言わして下さいよ。ねえ、われわれは多くの――実に多くの核融合弾をエイバアトに放ち続けている。が、それがいったいどうなっていると思います？　奴らは楽しんでいるんですぞ。エネルギーさえあればいくらでも殖《ふ》える敵を、養っているだけじゃないですか。少しでも効果があったとすれば、それは始めのうちだけだ。今では奴らはわれわれのエネルギーを吸い取っているんだ。そして増加し続けているんですぞ……」

室内に白けたものが漂った。

参謀たちは肯きあっていたが、何も言おうとはせず、リンゲ・サンに眼を向ける。戦団長は苦笑した。

「いいだろう、言ってやれ」

頷いた参謀は、フィッツギボンの手首を押える。

「何をするんだ」

「何でもいい。とにかくきみの自由を暫く奪うのさ」

「どうして……」

「どうしてって」

押えつけられ、室の一隅にしばられたフィッツギボンはうめくように吠えた。

「われわれには、きみの言いたい事はわかっている」

参謀が言った。「だから、この儘喋り散らされると困るんだ。むろん、相手に熱を与える武器などは原始的で役に立たないし、地球人以外には使わないことぐらい、ここの連中は全部知っているんだ。これは作戦なんだ」

「さ、作戦？」

「そう。あまり理論ばかり並べたてられてもどうにもならんよ」

「ぼくは技術者だ。そのぐらいは……」

「それだから困る」リンゲ・サンがぴしゃりと言った。

「きみは知っているだけだから困るんだ。もうこれ以上困らせないでくれ。きみの言うのはいつも、確率だ、計算だ。われわれは賭ける時には、むしろ確率が低くても、必要な方に賭けることがあるんだ」

鼻で笑ったフィッツギボンをじろりと見ると、指令室の一同は、持場へ帰った。

リンゲ・サンの胸中にはまた炎が燃えはじめていた。彼が戦団長になったこと自体、ひとつの幸運だった。幸運によって選ばれた男は運というものを信じやすい。ベテランの地球の将軍たちゃ、計算屋なら震えあがってやらないような作戦を、彼は樹《た》てていた。駄目でももともとという諦めと、あるいは彼自身のうちにある知識の不足への反抗が、彼にこうした思い切った戦いをとらせたのだろう。彼とフィッツギボンとは正に水と油だった。

《見ていろ……》リンゲ・サンは呟くと瞳を凝らした。

数回、数十回の追い駆けっこに飽きたのか、エイバアトの追撃はしだいにいい加減になってきた。もし、組織化された文明種族の戦闘隊が、このエリダヌ＝エスピーヌ以外にも残っていたならば、エイバアトはこんなにのんびりとついては来なかったに違いない。事実、未潰滅の高等種族はもう殆んど残っていないといっても過言ではなかった。エイバアトにしてみれば、これは銀河征服のこころよい仕上げだったろう。

それでも地球戦団は倦むことなく熱核反応弾を放っては後退し、エイバアトはその分だけ増えながらついて来た。銀河連邦結成以来、絶対零度の宇宙空間に浮かぶ敵に対し、多量のエネルギーを供給した気狂いどもは、局部戦を除けば、エスピーヌしかやらなかったらしい。

「戦団長！　敵が方向を転換しようとしております！」

「なに？」

「もう、追い駆けあいに飽きたらしいです。今までと少し様子が違います」

次々と入る報告も、全部そのことを裏付けている。リンゲ・サンはにやりと笑った。

「ノバ時間に、あと、どのくらいだ」

「予定では、あと二日地球時間です」

「よし、X―一号作戦開始」

「了承」

途端に、地球戦団からは、手持のすべての融合弾が発射された。

驚いたのはエイバアトだったろう。今までも結構沢山頂けたエネルギーを山ほど贈られたのだ。

「無人艇発射！」

リンゲ・サンの命令は淀《よど》みなく次から次へと続いた。

一千隻の無人艇が発射された。エイバアト母星の方向にむかって、たちまち跳航に入った。膨《ふく》れあがったエイバアトの船団のうちからいくつかの船が、無人艇を追った。

《どうしても、全エイバアト軍を一個所に集めねばならぬ。それが必要なのだ》

戦団の幹部たちは半ば祈るように、消えた無人艇のあとの空間を見ていた。

エイバアトの太陽系に出現した無人艇は自動不規則転位を続けながら、しだいにエイバアトの母星に近づいて行った。

母星から、無数の親衛軍団が応戦のために翔び立った。

数分後、この無人艇は無数のエイバアトに取り囲まれてその殆んどが氷結し、機械的打撃を受けて木っ端《こ》《ぱ》微塵に砕かれていた。

確かに残った数隻は反転し、再び地球戦団の方向へと、自動跳航に入る。それを追った大軍団が、一斉に数千光年を突っ走った。

今や、すべてのエイバアトが、地球戦団の前後左右、いや上下にも密集していた。

「完全に包囲されました！」

参謀が叫ぶ。恐怖の声がスピーカーを通して指令室の中へも飛び込んで来た。

「よかろう。用意」

戦団長が叫ぶ。

もう与エネルギー弾は一発も残っていない。ということは、エイバアトのエネルギー奪取弾に対する抵抗はゼロだということだ。

絶体絶命……。エイバアトは陣容を立てなおし、圧倒的武器を闇黒の空間へ投入すべく準備にかかった。

「あと、十秒」

壁から声がする。

スクリーンの中で、今の今まで光っていた点が、ふっと消えた。「八号艇から連絡。艇内温度急速に下降中」

リンゲ・サンは水晶時計をみつめている。

「あと、九秒」

無数の閃光が空間に砕け散っていた。

地球戦団は飛び来る奪取弾を自動的に避けながら、時を待っている。

どの乗員の顔も真蒼《まっさお》だった。

ひとつの巨大な球、直径四光日にわたる範囲は、今や恐怖のるつぼだった。

各船から飛ばしてある浮標は、瞬送によって放たれていた。そこからは電波が出ている。ふつう、攻撃波または弾は常に光速よりも劣るから、浮標が破壊され、電波が絶えた瞬間、宇宙船は自動計算によって位置を変えることで、みずからの破壊を防ぐことが出来る。

だが、それも程度問題だ。

「あと五秒」

フィッツギボンは半狂乱になって悶《もだ》えていた。欲求不満と恐怖からストレスに陥った彼は、艇内の一室に縛られている。

「四秒」

動力の蓄えはぐんぐん減ってゆく。攻撃を避けるために、絶えず移動を繰り返さなくてはならないからだ。

「三秒」

地球戦団は作戦どおり凝結を終っていた。もうスクリーンには無数の僚艇がひしめいている。単座艇は収容され、ゼロ時間への準備はすべて出来た。

「二秒」

エイバアトの包囲網は急速に縮まっていった。地球戦団の逃れる道は無さそうだった。

「一秒……ゼロ」

リンゲ・サンが指令室の中で桿《かん》を押した。

全員がわあっと歓声をあげていた。完全に成功だった。

瞬送である。

これほど大量の人間が一度に瞬送し得ると考えた者はいなかった。意識の隅にでも反対の気があれば、気が変になるという瞬送。

だが、地球戦団はやってのけたのだ。わざと絶体絶命の位置にみずからを引き込んで、すべての人間が必死になるようにしたのだ。

彼らは、エイバアト母星の近傍にいた。それなのに、迎撃しようとする者もない。此処から数千光年の彼方にいるのだ。彼らが跳航で追ってくるとしても、まだ一時間近い余裕がある。地球戦団には、もう殆んど余力は残っていなかった。

此処から見るエイバアトの太陽は異常に輝いている。不安定になり、光にもむらが出来たようだ。

「あと三十分以内に爆発が起きる筈です」

「離脱、用意」

エイバアトを照らす太陽は、新星になろうとしていた。数百倍にふくれあがる太陽の中では、全戦団が溶ける。

「早く！　早く逃げよう」

突然指令室に飛び込んで来たフィッツギボンを見て、一同は驚いた。

「逃げたんです、この男」

二人の警務員が、走ってくるなりフィッツギボンを抑えつける。

「新星になるんだ、あの星！　われわれは灼けただれて死ぬんだ」

「いや、違うね」

リンゲ・サンが言った。

「違う？　何を言ってるんだ。あの太陽は爆発寸前だ。は、はやくしないと焼けてしまうぞ」

「焼けはしないよ、そんなに涼しくはない。われわれはガスになるんだ」

にやりと笑って、戦団長は言った。長い悲鳴のあと、フィッツギボンはばったり倒れ、警務員に曳き出されてゆく。


「戻って来ました。エイバアトです！」

スピーカーが喚いた。エイバアトの全軍が現われたのだ。

「よし」

戦団長は叫んだ。「離脱！」

エイバアトは狂ったように殺到して来ていた。無理もない。自分の母星を襲われてはたまらない。

地球戦団は持てる限りの冷却弾を空間に投げ捨てた。すべてのエネルギー奪取弾をだ。

この時、爆発が起こったのである。

エイバアトの太陽は地球戦団の別働隊のノバ弾で、新星化されるようになっていたのだ。

凄まじい眺めが見られるところだったが、厖大な熱に呑まれてはたまらない。地球戦団は必死で飛翔する。

数十、数百倍にふくれあがる太陽の中に、エイバアトの全軍団は呑まれてゆく。

地球戦団の一部には母船を失ったため、跳航出来ない小艇があった。彼らはただ全速で重力場推進を行なう以外に方法はなかった。もしもエネルギー奪取弾によるカバーがなければ、彼らはすべてガスと化してしまったことだろう。

リンゲ・サンの作戦は図に当ったのだ。

しかし……。

「平気だ！　奴ら」

スクリーンを食い入るようにみつめていた小艇の艇長がどなった。

スクリーンに浮かぶエイバアトの大集団は、爆発する太陽をバックにして、無数の黒い点に見えた。

小艇の内部では動揺した乗員が、スクリーンをみつめている。

エイバアトには暫く何の変化もなかった。と、次の瞬間、彼らは分裂したように数を増した。そして更に分裂し、あっという間にスクリーン一杯になり、幾重にもなったようだった。

その時、艇は亜光速に達したのだろう。視野にはもう何も見えなかった。

「奴ら、追ってくるかな」

と艇長。

「多分」

ぽつりと乗員が答えた。「それにしても新星のエネルギーを吸って増殖するとは……。怖ろしい相手ですな」

ひどい無力感が、彼らをおおっていた。これがエイバアトを見た最後の記録になるということには、まだ誰も気がついていなかったのである。


長い間の不眠のため、やつれ果てた顔をあげた参謀たちは、小艇からの報告を聞くと、もう声を出す気力もなかった。

「仕方がない。やるだけやったんだ」

リンゲ・サンは大声で言ったが、そこには虚しい響があった。

彼らは脱出後、再び銀河を横断し、もとの第三腕の入口に戻ってきた。

「仕方がない。ここで待とう」

彼らはゆっくりと集結すると、エイバアトの大戦団を待った。今度はもう打つ手はなかった。武器はすべて使い果し、ただ、跳航による自爆だけしか残っていなかったのだ。

数日待ったが、敵は現われず、戦団には気の脱けた疲労がやって来た。

とうとう偵察のために一軍団が派遣され、星々の中へ去って行った。

報告は、戦団の全員にとって、嘘としか思えなかった。

エイバアトはどこにもいないというのだ。いや、彼らの軍団だけではない。エイバアト母星さえも、見当らなかったというのだった。

《そんな馬鹿な……》

一番先に変な顔をしたのはリンゲ・サンだ。

「本当です。エイバアトが作りあげた植民地は存在していますが、そこには誰もいなかったのです。いや、エイバアトという種族が今までいたということさえ、夢みたいなのです……」

事実は信じなければならなかった。戦団の生き残りたちは、この事実の原因は、いずれ誰かが究明してくれるであろうと信じて、帰ることにした。

帰る前にひとつ、する事があった。

闇黒の宇宙空間に漂うあらゆる残骸――それはエイバアトと戦って散った、残留戦団の人々の遺物だ。

「ここが、タルイの率いた連団が全滅した場所だ」

リンゲ・サンはそう言うと、宇宙服に身を固め、船外へ出た。

地球戦団の全員が空間に出ていた。あまりに広い空域に広がった残骸は、到底収容出来なかったので、彼らは此処で黙禱することにしたのだった。

各乗員はそれぞれ手製の手向けを空間へ投げた。紙細工や、通貨や、プラスチックの破片を。

《ここに眠る人々には、決して邪魔物はやってこないだろう。永遠の夜と、永遠の静寂があるばかりだ》

リンゲ・サンはそう考え、それからふとまばたきをした。

《われわれには、きみたちをとむらうための何の花火もない……。エイバアトを相手にして、遠い空間で使いはたしたのだ。ここは静かだ、あまりに静かすぎる……。許してくれ》

そして、彼はイースター・ゾーン出身のタルイのことを思った。タルイの死は、イースター・ゾーンをもう一度地球の一部として受入れるための、最大の布石となるだろう……。

《無駄ではなかった。きみたちは、最も華々しい死に方を選んだと思ってくれ……》

二千万が全滅した宇宙空間の中で祈りながら、リンゲ・サンは涙を流して頭を垂れていた。

腕を組んで、室内を行ったり来たりするリンゲ・サンを見た参謀の一人が、やつれた顔を向ける。

「しかし……」

それはもう、この何日も言われていることだった。

「どうしても私には解らないんですよ。なぜエイバアトは消滅したんでしょう」

「知らん。私には判らん。どうせエリダヌ星あたりから、調査団が出発するだろうから、追って教えてくれるだろう」

「ねえ、戦団長」

おかしくもないといった顔で、一人の参謀が呟いた。

「われわれは凱旋《がいせん》の途中にあるのか、それとも敗れて帰るのか、どっちなんでしょうね」

それは誰の胸中にもある疑問だったろう。無論リンゲ・サンにも判らなかった。

ともかく地球戦団は、別働隊を迎え入れ、全軍揃って帰途についていた。その四割近くを喪ったとはいえ、エイバアトを相手にして、少なくとも戻るということを予想した者がいただろうか。幸運以外の何物でもなかった。

リンゲ・サンは一躍有能な将軍として地球に迎え入れられるだろう。史上最高の戦術家、指揮者として評価されるに違いない。しかし、それはまた、彼を指名した英雄シロタ・レイヨの名声をいやが上にも増す結果になったのだった。

銀河系内に残った大船団、地球船団は堂々と、跳航、光速、跳航の帰還を続けている。乗員数千万の心中はともかく、はた目には素晴らしい勝利、現存する銀河系最強の軍隊の凱旋としか、見えなかった。

12 終章

ついさっき瞬送されて来た手紙の束から一枚を展いて読み終ると、シロタは吐き捨てるように言った。

「これは、終りなんだろうか。それとも、始まりなんだろうか」

何か報告書の作成で忙しいテクナは手を休めもせずに答える。

「どちらでもないさ。本当の意味で、終りとかはじまりとか言えるものは、そう沢山はないよ」

「これを見てくれ」

と、シロタは手紙のひとつをテクナの方にむけて、ひろげてみせた。「ぼくはまるきり英雄じゃないか。『早く帰って下さいシロタ・レイヨさま。お待ちします』いったい真実はどうなっているんだ。地球文明は変わったのかねえ」

テクナは書き終った報告書をたばねると、その上に大きな字で宛先を書いてから、シロタの方に向き直った。

「別に、何でもないじゃないか。きみは、なるほど地球人にとっては英雄さ。それはそれでいいんだし、ここにシロタ・レイヨという人間が当り前に坐っている。それも現実なんだよ」

「しかし……」

シロタは腕を組んだ。「本当ならぼくには許されない事ばかり、こう続くのは、いったい何故だろう。ぼく自身は前と同じことだ。だのに地球戦団長に同輩扱いされ、万能サービス連立会社からは、顧問として招かれている。いい加減なものだ」

「それは少し違う」テクナはかすかに笑って言った。

「きみは地球文明に対立物を与えた。いや、対立物としてエリダヌ文明を紹介した。これが第一。それから眠っていたイースター・ゾーンの文明をもう一度世界の渦の中へ投げ込んだ。これが第二。第三に、個人というものが、歴史の中に残ることを証明した……」

「待ってくれ。それは何もぼくがしたことじゃない。時代はそういう方向へ進んでいたんじゃないのか」

「そのとおり」

「と、すると、英雄になるのは何もぼくとは限らなかった。誰でもなれた。ぼくでなくても、あなたでもなれたんだ」

「そうさ。だがそれがいったい何だ。歴史に残る人物ってたいていそうなんだぜ。当事者に、ある世界観と機会があっただけなんだ。無論、きみは作られた英雄さ、だが作られたのはぼくじゃない。きみなんだ。そのことが決定的なんだ」

「だが、どうもすっきりしないね」シロタは強情に言い張った。

「ぼくでなく、あなたが、またはフィッツギボンが……」

「フィッツギボン?」

二人は顔を見合わせた。「それは無理だ。あの男はある一つの傾向の中にしか生きられない」

そう言ったのはテクナだった。「……そうかも知れない」シロタが答える。

「ともかく、このエリダヌ星をいつ出るか、それはきみひとりで決定出来るんだろう?」

テクナは荷物を整理しながら、そうシロタに訊ねる。シロタはうなずいた。

「で？」

「わからない。もう少し考えてから……」

「シロタ、きみに前に聞いたんだが、カーリ・フルスはどうしたんだ」

その、テクナの言葉は、突然出たものだけに、ぐさりとシロタの胸を刺した。

「カーリ……」と彼は不明瞭に言った。

「まだ、いるだろうか」

「さあね」テクナはのんびりと言う。「彼女も地球の群衆の一人かも知れないが……」

「そんな女じゃない……」

「さあね。これからどうなるか……。ともかくぼくは帰る。これでも汎太陽系連合通信社の社員だから」

テクナはそそくさと立ちあがった。

ブザー。

数名のエリダヌ人と、二人の地球人が入って来た。

「シロタさん、この間の探険船の記録が出来ました。見に来てくれませんか」

白髪の地球人が、ていねいに言った。今では多くの地球の研究者が此処に滞在しているのだ。

「じゃ」

テクナの方は皆にちょっと挨拶して、室を出て行った。

探険船とは、数か月前に地球戦団がエイバアトと戦った直後に出発した宇宙船のことだ。エイバアトの姿が見えなくなったという連絡を受けたエリダヌ＝エスピーヌ同盟は直ちに権威者を集めて、銀河系を調査に出たのである。その結果だけはシロタも聞いていた。エイバアトが銀河系内に全く存在しなくなったらしいということだ。らしい、というのは、銀河系内のすべてを調査することはとうてい不可能だったからだ。探険船は今までエイバアトが基地として設けた星系をひととおり当ったたけである。記録発表と、その後の講演を聞くために、もう多数のエリダヌ人と地球人が、会場に集まっていた。

今日も、空はよく晴れている。

此処へ来てから、もう随分になるな、とシロタは皆と並んで歩きながら考えた。いつも聞えている波の音、真白な道、ぴかぴか光る装置類、頭上を時々けたたましく過ぎてゆくロケットなど、今ではすべてが彼に馴染み深いものばかりだ。

《カーリ》

とシロタは思った。何だか、自分が彼女と、ここでの生活すべてを秤《はかり》にかけているようで、ちょっと厭な気持になった。

会場の入口で、ひょいと頭をあげたシロタは、凝然と立ちすくんだ。

シニュームが立っていたのである。

「こんにちは」とシニュームは言った。

シロタは茫然とシニュームを見ていた。というのは、他でもない。彼女は――あえて彼女といわねばならない――地球人の女性の恰好をしていたのだ。

「あ、あなたはどうして」

「エスピーヌへ行っていました」

とシニュームは答え、シロタはうなずいた。

「しかし、それにしても、あなたは……」

うまく口が利けない。

シニュームは笑っていた。それが立派に女性の笑いであることを、シロタはもう疑う気にはなれなかった。

「わたし、第一号なんです。ちょうどあなたがエスピーヌン1号だったように、わたしはエリダヌ一号です。公然とエリダヌ人であることを名乗って、エスピーヌに住居を構えたのは、という意味ですけれど……」

「なるほど」

シロタは言った。それにしても、自分にエリダヌ文明やら、地球とエリダヌとの違いについて、初めて教えてくれたこの人物が、今エスピーヌに住んでいるという事実は、シロタを仰天させるのに充分だった。

いや、実際のところ、そうなるべきだったのかも知れない。シロタはシニュームから肉体的な性を引き出した。そのためにシニュームの身体はエスピーヌン近似性が高くなり、ついにはエスピーヌン工作要員として派遣の止むなきに至ったのだ。

「私はどうやら、エスピーヌンのあり方について、相当多くの事を学んだようです。ことに、エスピーヌンの個人差というものが、私たちの想像もつかないほど大きかったのは、ショックでした」

「そうでしょうね」

「だから、私はエリダヌから、エスピーヌに移住した第一号として、これからの一生を送るつもりです。勿論、エリダヌの政策島その他から、多くのエリダヌ人に地球移住の話があったのは事実ですが。それでも私は初めて、個人に希望があり、その希望を達成するのがどれほど楽しいものかを知ることが出来ました」

シロタは頷いた。そういえばなるほど、そんな可能性もたしかにあった。

「さあ、さあ」入口で誰かがどなっている。

「くわしい事は、また話します。今度の戦争について認識を深めるのは、わたしたちの義務ですから。入るんでしょう」

ちょっと、昔のシニュームらしい口調になった彼女は軽く手をあげると、薄い金属板を張りめぐらした入口をくぐっていった。

シロタはぼんやりとそのあとに続いた。時代は刻々と変わっているのだ。自分が最尖端にいると思ったのは、今では錯覚としか思えない。

会場には超映動の準備が出来ていて、ぎっしりと人々が詰めかけていたが、まだ始まってはいなかった。

少し小柄のエリダヌ人が講壇に立った。言語翻訳機が備えつけられている。シロタには先刻おなじみのものだった。

「探険船の記録を見て頂く前に、その後の銀河連邦の情勢を報告しておきたいと思います」

エリダヌ人はそう言った。聴衆は耳を傾ける。

銀河連邦は既に、完全に一度解体してしまっていた。多くの指導的な高級生命体の没落のせいである。そして群小種族が台頭しはじめていた。

だが、ここに一躍トップクラスに入った二つの種族がある。言うまでもなくエリダヌンとエスピーヌンだ。

炭素―酸素系族の代表、いや、全銀河の代表として、彼らは生命体諸族の再建、再構成を図らねばならなかった。

エイバアトに痛撃を食ったヒロソ人は、従来の傲慢な態度を捨て、あらためて連邦での仕事を約したが、もとの力を取り戻すには数十年はかかるだろうといわれる。

カラミンと呼ばれる最終ロボットは、絶対数の減少と、生産機構の破壊によって、気の毒ながら、このまま滅亡するより他に仕方がない。

一方、珪素生物は早くも復興のための、組織再編成の状態にあるし、弗素生物の方も、どうやら先行きは明るそうだった。

その他さまざまの生物たちは、あるいはエイバアトに叩き潰され、あるいは無傷だったが、いずれにせよ、力を持つ種族の手をかりなければならなかった。

それまでの短期間、エリダヌ＝エスピーヌはいやがおうでも、連邦の手綱を取らねばならない。

壇上のエリダヌ人は口をきわめて地球人を賞《ほ》めていた。

「今や、エスピーヌンは、われわれ以下の種族ではありません。炭素―酸素系生命体の二つの型の一方のモデルとして、われわれが学ばねばならない対象なのです。われわれはエスピーヌンの多面性というか、多種性というか、それを学ばなくてはなりません。われわれはあまりに一面的一元的になろうとしすぎたために停滞したのです。性の問題、個人差の問題、倫理の問題、すべてがそうです。勿論エスピーヌンも、われわれが現われるまで暫く足踏みをしていたことはたしかですが、どこにでも対立物を作るエスピーヌンは、早くもわれわれを追いこそうとしています。対立物があってこそ、エスピーヌンは伸びる。ここに彼らの秘密があったのでしょう。われわれの前途にも、やっと光が灯ったのです」

そのエリダヌ人が話を終ると、はげしい拍手がおこった。

シロタははじめのうちこそ、くすぐったい気持で聞いていたが、途中からはっと何かに目ざめたように思った。

そうだ、そうだったのだ。対立物を失った地球文明は停滞する……。あまりの合理主義に反撥した自分こそ、最も地球的なのではなかったか……。今までは逃亡者、不適応者と思っていたが、本当はこれでよかったのだ。自分が英雄として祭りあげられたことだけを除けば、すべてが自然だったのではあるまいか。

《これで帰れる……》とシロタは思った。本当の地球人として帰ることが出来るのだ。

思えば、長い遍歴だったな、と彼は思った。主流、反主流というものの存在に反撥を感じたのは、こちらの過ちだったのかもしれぬ。もし、それなくては、地球は地球でなくなってしまったろう。それに、イースター・ゾーン。あの存在こそ、正にエスピーヌ的ではないか。

シロタはいつになく、ぐったりとした身体を伸ばすと、あらためて空になった講壇を見た。壇はゆるゆると沈み、代って、スクリーンが垂れて来ていた。

超映動である。

瞳をこらした彼は、周囲がすうっと消えて、宇宙船に乗ったような感じがした。本物と違うのは、そこに説明の声があるだけだ。

探険船は、エイバアトの母星の付近を通過しつつあった。

膨れあがった光球は、はげしく輝いて何物をも寄せつけない。闇黒の中、巨大なエネルギーの放出が、無償の存在を続けるばかりだ。——これは、エイバアトが生まれた星系です。今や、ごらんのとおり、此処には彼らの影すらありません。この超新星はおそらく一年とは保たないでしょう。それとともに燃えあがった彼らの惑星も冷えたガスとなったまま宇宙に拡散したのに違いありません。

われわれは次に、此処から五千光年を距てた、彼らの最大の基地へ行きました。

場面が変わると、そこは二重星系だった。シロタは瞬間、以前行ったことのあるエリダヌ植民地を連想して顔をしかめたが、映動はおかまいなしに進んだ。

岩が露出し、ところどころ残った針金のような塔が、それぞれ一本の光の棒となって太陽たちにさらされている。

——ご存知のとおり、エイバアトの普通の侵略法というのは、いったん、惑星の表面を急激に冷却させるか、高熱状態にしてから、生物が死滅した後にもとの状態に戻るのを待って定着するやり方です。ここは既に久しくエイバアトの支配地でした。こうした荒涼たる熱気の中では、エイバアトかヒロソあたりでないと生きてはゆけません。

だが、ここにもエイバアトはおろか、その死体さえ見つからなかったのです。

次は、宇宙空間の戦場跡だった。ついこの間か、何百年も前のそれか、真空絶対零度の中では、何物も変化せずに浮游する無数の破片が照明の中に次々と姿を見せた。

——ここは多分、われわれの知らぬ種族との交戦の跡でしょう。だが、ここにもエイバアトの姿はありません。

超映動は次々と探険のあとを示してゆく。シロタはしだいに疲れ、一方、宇宙の本当の姿——沈黙と、暗黒の大いなるひろがりばかりを見続けて、自分自身がひどくむなしいものに思えて来た。

長い時間のあと、突然、照明がつき、会場の一同は、ほっと溜息をついた。

中央には講壇と、言語翻訳機があった。そこへ一人のエリダヌ人が進み出た。

拍手。

シロタもまた、そのエリダヌ人を見上げる。講演者はゆっくりと喋り出した。

「私は、以上の探険の結果、もはやこの銀河系にはエイバアト族は一人もいないという確信を抱いた者です。お断わりしておきますが、探険船に乗った者のうち、エリダヌ人にもエスピーヌンにも、反対意見のものはいませんでした。

この奇現象には、今までに多くの説明がなされております。主だったものをかいつまんで言いますと、まず第一に、エイバアトはエネルギーによって増殖するものであるから、あの新星化した太陽の中で、彼らは加速度的無限増殖をしたのであろう。その結果、彼らは触媒となっていたみずからの個体の力が限度に達したため、一瞬にしてすべてがもとのエネルギーに還ったのであろうという説。これは一見もっともでありますが、あの場合、エイバアトのごく一部は銀河系のどこかに残っていたと考えられるところから、完全とは言いがたいと思われるのであります。

次の意見は、エイバアトが量子体であったという説です。彼らは単に『拡がって』いただけで、エスピーヌンの猛撃のために、いわゆる急所に衝撃を受けた、つまり相互確率が彼らの完全度の限度を超えたという説なのですが、これも、あれだけの大群のエイバアトが、そうしたことにはなりそうもないということから斥けられます。

それから他には、彼らはそれぞれが個体のように見えても、実はただひとつの意識を持つ種族で、彼らの個人はわれわれの細胞のようなものだったという説もあります。これは相当真実を含んではおりそうですが、現象の解明には全く役立ちません。

ここにおいて、われわれはこの奇現象の解明を断念するところでした。ところがここにひとつ、奇妙な説があらわれたのです。それはエスピーヌンのヒンラート博士のものです。博士どうぞ」

先ほどの白髪の地球人が壇に上った。ヒンラート博士は開口一番、聴衆を驚倒させた。

「私の意見は、エイバアトは消されたのだというものです」

どよめく聴衆をヒンラートは暫く見ていたが、ゆっくりと喋りだした。

「勿論、みなさんは、呆れて口も利けんでしょう。殊にエリダヌの皆さんはそうだろうと思う。

もっと詳しく話せと言われても、裏付けがない。ただ、そう考えるほかはない、というよりも、そう考えた方がいい、ということなのですが……。

皆さん。われわれはこんな考えを抱いたことはないだろうか。まだわれわれが未開で、自分の惑星の表面を這い歩いていた頃、惑星間航行などは夢の夢だと。同様に惑星間航行が可能になった時、恒星間を飛ぶことは出来ないと考えた。技術というものは常にそうだ。いや、技術の方向をしっかり摑んでいないことには、予測は不可能なのだ。

だから、そうしたことから、私はあえて荒唐無稽と思われる一説を出したのです。つまり、われわれはパトロールに見張られている。あるいはそれが『神』なのかも知れないが……。

もし、生命体というものを保護し監視する機構があるとして、それが数十万年、数百万年に一回、銀河系を巡視する、彼らにとっては、星雲間の距離など、ほんのちょっとに過ぎないような高度の生物――というか存在というか――であって、恐ろしく広い範囲を治めている、そんな存在によってエイバアトは銀河系の秩序を乱すものとして、宇宙から消滅させられたということも、また考えられはしないだろうか。われわれは既にヒロソ人というものを知っているのだ。少なくとも、あるとはいえなくても、否定は出来ない。

皆さん、宇宙は無限です。われわれは星雲団とか、超銀河系とかいった観念を、既に持っている。そうしたものの中では直径十万光年の銀河系は何ですか？　点だ。ただひとつの名もない点に過ぎない。仮にシェインの星雲団からわれわれの銀河系まで、ほんの一またぎとしてもそれは数億光年に過ぎないではないか。宇宙の広大さを知ったわれわれが、その観念にしばられて、却ってその広さをみずから縮めてはいないだろうか。そうした存在を考えてはいけないのだろうか。

むろん、この仮説は、あくまで仮説、いや荒唐無稽な空想と言われても仕方がありません。ただ私は言いたいのです。今の、宇宙の広大さを知ったがゆえに、みずからその視野を狭めるという話と同じように、われわれはわれわれの知識をあまりに過大評価してはいないだろうかということを。自分たちの科学的知識で説明のつかない事を、無理矢理説明をつけるか、否定し去るかといった二者択一の態度は、もう改めていいのではありますまいか。

皆さん、私はある種の『畏《おそ》れ』といったものを、もうそろそろ復活させてもいいのではないかと考えます。

超銀河系をひとまたぎ——それはあまりにも馬鹿げているでしょう。だがわれわれは銀河連邦を知るまでは自分たちの光速ロケットが絶対最高と信じて来た。いや、ずっと前には空を飛ぶことを考えただけで気違い扱いされた。

これはいったいどういうことでしょう。われわれの知り得たものは依然として宇宙の謎のごく一部です。知り得た範囲についてはともかく、その範疇以上のものの存在を、一概に否定し去ることは誰にも出来ないということではありますまいか。

そして、それに挑戦する姿勢をいつまでも捨てないことこそ、発展のための前提、文明の証左ではないでしょうか。

笑う方はお笑いになっても結構です。ただ私の仮説は、それが否定出来ないものであって、遠い将来そうした事が判るかも知れないという可能性があり、それと、われわれはこうした考え方を持ってもいいのではないかという、ひとつの目標のようなものの代りになりはしまいか。また、そうなってほしいものだというところから生まれて来たといっても、嘘ではありません。皆さん、われわれには確かに目的がある、そして努力しなければならない、とこれはとんだ飛躍ですが、おしまいに付け加えさせて頂きます。これ以上何も申上げる事はありません……。話を終ります」

博士は挨拶らしい挨拶もせず、唐突に、壇を降りた。

聴衆はわれ知らず立ちあがっていた。ごうごうと議論が至る所でおこった。シロタ自身もまた、訳のわからぬ事を口走りながら、壇の前へ走り寄っていた。

ヒンラート博士はシロタを認めると、手招きした。

「シロタさん。われわれはやっとまた発展出来そうですね」

シロタは何も言えなかった。

「われわれの発展、それは常にわれわれよりも大きなもの、対立するものを必要としていたんですよ。たしかにエリダヌ人のいったとおり、エリダヌがエスピーヌに求めていたもの、その秘密はそういった精神的把握法だったのです。もし、人間が技術のみを重視したならば、それはただエリダヌの亜流に過ぎなかった。われわれは危いところで勝ったのです。そして、それを導いたもの、あなたが言っているということですが、もし仮にあなたが無意識にやったのだとしても、結局はそれはあなたが契機なんです。いや、シロタ・レイヨに代表されるエスピーヌンなんです」

博士の方も昂奮しているようだった。大勢にかこまれてその中に没する博士と離れながら、シロタはじっと今の言葉を嚙みしめた。

そうか、そうだったのか。突然、彼の心の中に、今までの事件が殺到して来た。

頰に手をやると、涙が垂れていた。何の涙だ？　しかしシロタにはどうでもいいことだった。

「シロタさん」

声に、彼は泣き笑いの顔をあげた。シニュームがいた。

「あの説、判るような気がします」

「そうだろうね」

シロタは言った。エリダヌ人だってエスピーヌンだって、広漠たる宇宙の中では兄弟ではないか。判るのが当然だろう。

それからシロタは不意に考えた。

――彼女もまた、エリダヌン＝エスピーヌンの一族である以上、エスピーヌンとなることは可能だろう。シニュームは女だった。もとへ帰るだけの話だ。

シニュームと、性の確認をした頃、彼女は単なるロボットに過ぎなかったが、今、こうして見ていると、完全に異性として認識せざるを得なかった。

あの頃のシニュームのことを考えたが、どうしても一緒のイメージにはならないのだ。ただ知識だけが継続している、全く別の人間としか感じられなかった。

「勿論、これからの炭素—酸素系族は重大な任務を持っているのですし、私たちも出来るだけそのために努力しなくてはならないでしょう。私はすでに過去と断絶しています」

シロタは黙ってうなずき、それから思いついたように言った。

「私はエスピーヌへ帰ります。あなたはもう一度行くのですね？」

「私は帰らなければなりません。ええ、夫の待っているエスピーヌへ」

「夫……ですって？」

シロタの心中にこの時、奇妙な感動と淋しさと、違和感が溢れてきた。

「ええ、その人は私と知り合ってから、地球戦団に加わったのです。あなたとは別の意味でエスピーヌを代表するような人です。それが戦団に加わって自信を完全に失ってしまって、今じゃ拠り所もないらしいんです。フィッツギボンという名のエスピーヌンなんです」

「フィッツギボン？」

シロタは叫んだ。

「ええ。あの人は私にはよく解ります。最もエスピーヌンに似たエリダヌ人と、エリダヌ的なエスピーヌンとの結びつきを奇妙と思いますか？」

あらゆる感慨がシロタを襲い、シロタはしばらく茫然と立っていた。

それでいいのだ、と彼は考えようとした。恨みもあわれみも、今のわれわれには遠いことなのではないだろうか。しかも、シロタのしたことと、フィッツギボンのしたことは……。

止そう。シロタは目をつむって、自分と争い、ほんの一瞬、苦悶の表情を浮かべたが、やがて晴れ晴れと言い切った。

「ええ……。素晴らしいことです。よく似た魂ですから」

「多分……。さっきのエスピーヌンなどの話を考えても、やはりフィッツギボンのような人は必要なのではないでしょうか」

「無論です」

シロタは静かに微笑した。その底に渦巻く愛憎も執念も、今の彼には遠いことでなければならなかった。

そして、今度は本当に急いで、一度地球へ帰ろうと決心したのである。

帰還。

それはシロタにとって回帰でもあれば出発でもあった。テクナの言った『そうざらにはない』行為のひとつなのに違いなかった。

彼が帰ると声明してからというものは、入れかわり立ち代わり、誰かがやってきた。もう此処には多くの地球人が来ていて、その連中は喜んだし、エリダヌ人の方は何とかして引き留めたがった。地球人にしてみればシロタを地球へ帰すことが、ひとつの歴史的行動への参与になるらしかったし、一方、エリダヌ人にしてみれば、エスピーヌとエリダヌの懸け橋のシロタを、そう簡単に手離したくはなかったのだろう。

出発の日も、シロタは早くから訪問のブザーを聞いた。ドアをあけたシロタは思わず大声をあげた。

「キータラ！　久し振りじゃないか」

キータラはむつかしい顔になった。無理もない。シロタが勝手につけた名で、また呼ばれるなどとは考えても来なかったのだろう。

「ぼくの名は……」

彼は言いかけたが諦め、それからにやりとした。

「エスピーヌン1号！」

二人は握手した。

「どうしたんだ。長い間逢わなかったが……」

「うむ、ぼくは教育島へ配属されていたんだ……」

「ほう」

「あそこは教育の専門家ばかりでは駄目なのだ。時々はあちこちの専門家が行かなければね」

「なるほど」

「ついては……」キータラは一枚の紙をとりだして、読み始めた。

「エスピーヌン1号シロタ・レイヨを新設する思想学高級講座の講師として招きたい、とこうだ」

「講師？」

「そう」

「冗談じゃない。ぼくはこれからエスピーヌへ帰るんだよ」

「判っている」キータラは顔色も変えずに答えた。

「しかし、きみはまたここへ帰ってくるであろうという推測がされているんだ」

「帰る？　エリダヌへか」

「そうだ。四〇・二四パーセントの確率でだ」

「まあいいさ」シロタは言った。「どうせぼくが地球で失敗するというんだろう」

「失敗の確率だけではない。その逆の場合と合算しての話だ」

シロタはちょっとうんざりした。が、まあ仕方あるまい。先の事は判らないのだ。

「で、戻って来たら、講師として任用することになっていることを伝えに来たのだ」

相も変わらずだ、とシロタは思った。その時はその時の事にしよう。

「解ったよ。じゃ、ぼくはこれから帰るからな」

「では」

キータラは出て行った。エリダヌ人らしいやり方だったな。シロタはひとり笑いをすると、しばらく感慨に耽った。

自分はただの逃避者に過ぎず、方便のために英雄に仕立てられたのだと信じていた。が、それはどうやら間違いだったらしい。一度作りあげられた評価は、逆に本人に作用する。いつの間にかシロタは人類の中で役割を与えられていて、そのとおり動かなければならなくなっていたではないか。

これから先はどうなる？　もしキータラがあんな事を言わなければ、シロタはきっと地球へ『うっかり戻る』つもりになっていただろう。

だが、もう以前の地球は存在しないのだ。すくなくともシロタが前のように社会に埋没してわずかに反抗しようという生活は、彼には出来ないのだ。

仕方あるまいよ、彼は含み笑いをした。きっと地球でずっと暮すことはむつかしいだろう。一挙手一投足注目の的となり、虚像に合わせて生きてゆくことは困難な仕事だ。やりおおせられるかどうか、彼には正直のところ自信はなかった。

が、ともかくやるだけやってみよう。それも、やりたいようにだ。

自分はかつてやみくもにドリーム保険という切札を使った。そのお蔭で地球上での今の待遇を得たのではなかったか。

ひょっとすると、またそれを使って逃げることになるのかも知れない。

シロタはいらいらと首を振った。自分でも何を考えているのか、要領を得なかった。

彼はゆっくりと立ちあがり、連絡器のボタンを押した。途端に声が跳ね返ってくる。

「こちら、瞬送台。何だね」

「こちらはエスピーヌン1号」シロタは声を押し出した。

「地球へ帰りたいが、聞いているか？」

「聞いている。今日の予定だ」

「結構。セットしておいてほしい。今からそちらへ行く」

「了解」声は言ったが、こうつけ加えた。

「また、こちらへやってくるのか？」

「多分」

シロタは答えた。

「多分……。私がエスピーヌでの存在価値がなくなった時には……」

そしてスイッチを切った。

そうだ。結局はそういうことだった。彼は地球へ戻るべきなのだった。すべての事はそれから考えればいいのだ。シロタには未来予測など出来る筈がない。今までうまく回転して来た運命の歯車が、どこで食い違うかなどと心配している必要はなかった。その時はその時ではないか。

いいさ、英雄シロタ・レイヨ、結構結構結構。

瞬送台が遠く光る地点で彼はしばらく周囲を見た。青い海、白い波、絶えず聞こえる波の音など。

《エリダヌ。自分は一番自分に遠い世界で自分の可能性を摑んだのか……》

思わず苦笑が浮かんで来た。それからどっと郷愁がおこり、彼は顔を真正面にむけると足を速めた。

いつか期待が渦となり、洪水となるのを感じながら、瞬送台にやって来た。

もう馴れた、あの衝撃の中で、シロタは初めて彼がドリーム保険によって地球を離れた日の事を思い出していた。

遠い、昨日の事だった。今度は着ているものも着くのだろうな……。

スイッチをひねると、立体テレビは無念そうな声を残して消えた。

カーリ・フルスはのろのろと立ちあがりながら、勤め先へ映話したものかどうかをしきりに考えていた。

今日は出勤しないことにしようかしら……。どのみち彼女の仕事は孤独で、誰とも滅多に話しあわなくてもいいものだ。出掛けたところで淋しさが変わるものでもない。

二、三日前、カーリはテレビで妙な光景を見た。

あのフィッツギボンがエリダヌ人と結婚しているというのだった。地球人とエリダヌ人との混血児に対する情熱が二人を結びつけたのだそうである。

いやだわ、まるで実験動物みたい。カーリはその時そう言ってスイッチを切ったのだったが。どうしてこんなにテレビって、いやな事ばかり映すのかしら。

今日、シロタ・レイヨが帰還するということは、あらゆるマスコミ機関が叫び立てているのだ。シロタ・レイヨ。

会いたいわ。でも。

今ではカーリも、シロタが英雄ではないまでも、人類にとってひとつの大きな存在であることを疑う訳にはいかなかった。

それに、彼の数々の業績の中でもことに喧伝されている、エリダヌ人の性の復活についても、カーリはよく聞かされていた。仕方がなかったんだわ、あの人。許してあげる。

しかしそれでも彼女はまだ迷っていた。行ったところでどうなるというのだ。シロタが彼女を覚えているかどうかさえ判らないではないか。

やっぱり止めとこう。

カーリはそう心を決めると、執務道具を小脇にかかえ、都市間ハイウェイへのコンベアーに乗った。

しかし、見るもの聞くものすべてが、憑かれたようにシロタの事を叫び立てている。

そう、あの人と別れてから、どのぐらいになるかしら……。カーリは重い足をひきずってステップに立つ。

カーはなかなか来なかった。反対側のステップにはしきりに発着しているらしい。宇宙空港行きのだ。

行こうかしら。

《止めておこう。あの人に、まだ、その気があるのだったら、やって来てくれる》

だが、それは嘘だ。彼女が今住んでいるのは、シロタが知っている住居ではなかったからである。

いつの間にか彼女の足は、知らぬうちに彼女を反対側のステップに連れて行っていた。そして、そのことに気がつくと、泣きそうな顔になった。

カーは素早く、轟音をあげて人々を宇宙空港につれて行く。カーリは急に胸がどきどきして来た。そういえば、あの人と一緒に来た時以来、わたしは行ったことがないわ。

霧の深い晩だった……。宇宙空港はいやにぎらぎらしていたけれど、あの時は映動を見たんだっけ。

どうしてこんなに感傷的なんでしょう、とカーリは思った。もっとしっかりしなくちゃいけないわ。

それに、わたしは自分で自分をごまかしている。

そう。あの人は今では英雄なのよ。わたしはただの市民に過ぎない。いつまでも昔と同じだと思っていたって、仕方のない事だわ。

帰るべきだわ。カーリはひとり小さい声で笑い出した。

「変な女だなあ」

横の席の男がこちらを向いて言ったのを、彼女は知らなかった。

宇宙空港は、カーリの知っていたものとは全然違っていた。より巨大な、より単純化された多くの宇宙船と、十数台並んだ瞬送台が陽を受けて、眩しく輝いている。

カーリは圧倒された。

《あの人……》と彼女は一生懸命自分に弁解した。

《どうなっているのかを一ト目見たいだけ……》

それから、そこを埋めている群衆の多さに気怯《きおく》れした。

数万、いやそれどころではない、十数万人はいる。群衆だ。それが、口々に何かを叫んでいる。

カーリはその中のただ一点にすぎない。群衆の中のひとつの顔に過ぎないのだ。

この前の地球戦団の帰還の日のことを、カーリは覚えていた。テレビで見たのだ。

恐ろしく多い宇宙船が、ゆっくりと接地すると、中から戦団長が真っ先に出て来た。群衆は叫びながら、吠えながら戦団長リンゲ・サンを取り囲んだ。すごい歓迎だった。

あれは第三号宇宙空港からの送信だった筈だ。ここではない。

それにしても、あの人はやっぱりリンゲ・サンのように悠然と、マントを跳ねあげ、手を振って降りてくるのかしら。それとも、昔のような感じなのだろうか。

まあいい、すぐに判る事じゃないの。

しかし、瞬送台は遠く、小さかった。あそこに現われたとしても、見えるのかどうかはっきりしないくらいだ。

カーリは淋しい笑いを浮かべ、それがもう何度目なのかを、ふと考えた。

突然、群衆が絶叫した。

台の戸が開いたのだ。遠い遠い台の上には、今こそ、英雄が姿を見せていた。

右でも左でも、前にいる小さな子も、みんな何事かを叫んでいた。

カーリは下をむいた。あの人はもう、みんなのものだ。決して帰ってはこない。もう本当に遠い所へ行ったのだわ。

不意に群衆が静かになったので、彼女はまた顔をあげ、それから背伸びして、その英雄、自分一人のものだったことのある英雄を見ずにはいられなかった。

「シロタ・レイヨの挨拶があります」

群衆は、さらに静かになった。

どうかしら、あの人、変わったかしら。カーリはまた背伸びをした。

「押すなったら」

前の男が振りむいてどなる。

スピーカーに顔を寄せたシロタの言葉を、群衆は待ち構えた。

「諸君、ぼくは英雄ではない！」

この一言はおそろしく効果的だった。すばらしい謙遜だ。群衆はわあっとどなった。空港がどよめいた。

シロタは少し黙った。

群衆はしずまり、次の言葉を待つ。

英雄は突然、群衆を見廻して、叫んだのである。

「カーリ」

そして、

「カーリ・フルスはいますか」

「ここよ！」

カーリは泣きながら手をあげた。それから走った。遠い所で、シロタは手を伸ばし、群衆は少しざわざわしはじめた。

聞こえなかったんじゃなかろうか。カーリはあげた手を降ろさなかった。あとからあとから涙が出て仕方がなかった。

男や女や男。それを掻き分け掻き分け、カーリは走っていた。

《こんなにのろまじゃいけないわ》

いつか、靴は脱げてしまった。

ともすれば群衆の奥のシロタの顔が見えなくなる。

「シロタ!」

ずいぶん遠いわ、とカーリは思った。そして走り続けた。

ようやく群衆がどよめきはじめていた。それは好意のこもったものだった。拍手する人さえあった。

《あとちょっとだもの。あの人、きっと待っていてくれるわ。きっと》

カーリは走っている。もう涙でよくは見えない。


〔1963(昭和38)年『燃える傾斜』初刊〕

P+D BOOKS ラインアップ

海の牙　水上 勉　●水俣病をテーマにした社会派ミステリー

街は気まぐれヘソまがり　色川武大　●色川武大の極めつきエッセイ集

こういう女・施療室にて　平林たい子　●平林たい子の代表作2篇を収録した作品集

マカオ幻想　新田次郎　●抒情性あふれる表題作を含む遺作短篇集

緑色のバス　小沼 丹　●日常を愉しむ短篇の名手が描く珠玉の11篇

虚構のクレーン　井上光晴　●戦争が生んだ矛盾や理不尽をあぶり出した名作

P+D BOOKS ラインアップ

浮草
川崎長太郎
● 私小説作家自身の若き日の愛憎劇を描く

塵の中
和田芳恵
● 女の業を描いた4つの話。直木賞受賞作品集

鉄塔家族（上下）
佐伯一麦
● それぞれの家族が抱える喜びと哀しみの物語

散るを別れと
野口冨士男
● 伝記と小説の融合を試みた意欲作3篇収録

白い手袋の秘密
瀬戸内晴美
● 「女子大生・曲愛玲」を含むデビュー作品集

ゆきてかえらぬ
瀬戸内晴美
● 5人の著名人を描いた珠玉の伝記文学集

P+D BOOKS ラインアップ

地下室の女神　武田泰淳　●バリエーションに富んだ9作品を収録

裏声で歌へ君が代（上下）　丸谷才一　●国旗や国歌について縦横無尽に語る渾身の長編

手記・空色のアルバム　太田治子　●“斜陽の子”と呼ばれた著者の青春の記録

銀色の鈴　小沼丹　●人気の大寺さんもの2篇を含む秀作短篇集

怒濤逆巻くも（上）　鳴海風　●幕府船初の太平洋往復を成功に導いた男

燃える傾斜　眉村卓　●現代社会に警鐘を鳴らす著者初の長編SF

（お断り）


本書は1977年に角川書店より発刊された文庫を底本としております。

あきらかに間違いと思われるものについては訂正いたしましたが、基本的には底本にしたがっております。また、一部の固有名詞や難読漢字には編集部で振り仮名を振っています。

本文中には混血、あいのこ、気違い、精神病院、狂人、気狂い、どもり、白痴などの言葉や人種・身分・職業・身体等に関する表現で、現在からみれば、不当、不適切と思われる箇所がありますが、著者に差別的意図のないこと、時代背景と作品価値とを鑑み、著者が故人でもあるため、原文のままにしております。

差別や侮蔑の助長、温存を意図するものでないことをご理解ください。

眉村 卓（まゆむら たく）
1934（昭和９）年10月20日―2019（令和元）年11月３日、享年85。大阪府出身。大阪大学経済学部卒業。会社勤めの傍らSF同人誌に参加。『燃える傾斜』などの長編のほか、ショートショートやジュブナイル小説を多数手がける。1979年、『消滅の光輪』で第７回泉鏡花文学賞および第10回星雲賞を受賞。代表作に『司政官シリーズ』『時空の旅人』などがある。

燃える傾斜

2024年11月19日　初版第1刷発行

著者　眉村 卓
発行人　石川和男
発行所　株式会社 小学館
〒101-8001
東京都千代田区一ツ橋2-3-1
電話 編集 03-3230-9355
販売 03-5281-3555
印刷所　大日本印刷株式会社
製本所　大日本印刷株式会社
装丁　おおうちおさむ　山田彩純
（ナノナノグラフィックス）

ISBN978-4-09-352498-8

P+D BOOKS